# お飾り王妃になったので、こっそり働きに出ることにしました

～目指せ円満夫婦に新たなもふもふ《ライバル》出現!?～

富樫聖夜



B's-LOG BUNKO
ビーズログ文庫

イラスト／まち

# Contents

うーちゃん
ロイスリーネが可愛がっているうさぎ。実はジークハルトの呪いをうけた姿。
ジークハルト
ルベイラ国王。新たなモフモフ登場で己《ペット》の座が危うく!?
くろちゃん
ロイスリーネの部屋に棲みついた謎の黒うさぎ。
ロイスリーネ
ロウワンから嫁いできた『お飾り王妃』。
昼は『緑葉亭』の看板娘リーネとして働いている。
人物紹介
Character

ロイスリーネの侍女。ロウワン時代からの強い味方。

ルベイラ軍第八部隊に所属する軍人。その正体は、魔法で姿を変えたジークハルトその人。

ジークハルトの従者。ジークハルトの身代わりもこなす。

ジークハルトの幼馴染みで宰相。

ルベイラ国魔法使いの長。魔道具オタク。

『緑葉亭』の女将。実はジークハルト直属の特殊部隊隊長。

裁縫が得意なロイスリーネの侍女。実は『影』の一員で影名はレーネ。

タリス公爵令嬢。ロイスリーネとジークハルトをネタに小説を執筆中。

ルベイラのファミリア神殿に所属する『解呪の聖女』。

スフェンベルグ国第二王女。ジークハルトに一目ぼれしたようで!?

# ──プロローグ── 異端の神

世界は破壊《はかい》から始まった。

生命の絶えた世界に降り立つのはそれぞれ金、黒、青、赤、茶色の鱗《うろこ》を持つ五体の竜《りゅう》。

創造と破壊の力を持った彼らが最初に行ったのは、終焉《しゅうえん》を迎《むか》えた世界をすべて破壊すること。

一度すべてを破壊しなくては新たな創造ができない。彼らの持つ『創造』の力はそうした性質を持っていた。

彼らの『創造』の力により大地は砕《くだ》け、海は干上《ひあ》がり、大気は消え去り、世界には何も残らなくなった。

すべてを破壊し尽《つ》くした五体の竜は次に世界を創造し始めた。

大地を創り、水を創り、生命活動ができるように大気を創った。

植物を芽吹《めぶ》かせ、海に命の種をまき、生命を誕生させた。

五体の竜はそうやって永い時をかけて世界を創っていった。

やがて設計図通りに世界を創り終えた五体の竜はこの世界から手を引くことになった。『創造』の力は巨大《きょだい》であるが故《ゆえ》に竜たち本人ですら制御《せいぎょ》が難しく、世界を創り終えてしまえば、彼らの力はどうあっても破壊の方へ向かってしまうからだ。

創ったばかりの世界を破壊させないために、五体の竜たちは最後に自分たちの代理となる存在を創りだすと、彼らに託《たく》して永い永い眠《ねむ》りについた。

次に竜たちが目覚めるのは、世界が終焉を迎えた時だ。

目覚めた彼らは再び世界を破壊し、そこに新しい世界を創造していく。

それを何度となく繰《く》り返《かえ》す——彼らはそういった存在だった。そのために存在するモノだった。

だがある時、永劫《えいごう》に続くかと思われた繰り返しの中で、黒い竜が誕生させたばかりの「人間」という存在に惹《ひ》かれてしまう。故に世界に綻《ほころ》びが生まれた。

黒い竜はさらに動物と人間、両方の特性を備えた「亜人《あじん》」という存在を創りだし、彼らの行く末を心配するがあまり眠りにつくことを拒絶《きょぜつ》した。

けれど黒い竜が存在しているだけで世界は破壊の方向へと天秤《てんびん》を傾《かたむ》けてしまう。

五体の竜たちの代理人——人間たちが言う「新しき神々」は譲《ゆず》られたばかりの世界を維《い》持《じ》するための対処に追われて、その存在に気づくことはなかった。

五体の竜の眷族神《けんぞくしん》——「新しき神々」ではない、また別の存在が知らぬ間にひっそりと世界に降臨していたことに。

産み落とされたのは異端《いたん》の神だ。

「新しき神々」のように世界を維持する役目を与《あた》えられたわけでもなく、竜たちが持つ権能や司《つかさど》る理《ことわり》を受《う》け継《つ》いでいるわけでもない、たった一人の、神。

異端の神は何もせずただ見守った。

竜たちが誕生させた生命の営みを。亜人と人間の争いを。亜人が滅《ほろ》びる様を。アルファを失い黒い竜が荒神《こうじん》になって暴れ回った時も。新しき神々とリリス、そしてルベイラ、ローレライの双子《ふたご》の兄妹《きょうだい》が黒い竜を封印《ふういん》した時も。

異端の神は手を出すこともなくただただ静かに見ているだけだった。

なぜなら異端の神の役目は来《きた》るべき時に「審判《しんぱん》を下すこと」だったから。

だから彼（彼女）は何もしない。……いや、正確に言うのであればほんの少しいたずら心を出して介入《かいにゅう》したこともある。

――なぜなら我慢《がまん》できなかったから。

異端の神にしてもイレギュラーなことだったが、これくらいなら特に問題ないだろう。

そう。ほんの少し、審判の時をやや早めたくらいの、ささいな出来事だ。異端の神にとっては。

「世界の歯車がようやく一つ矯正《きょうせい》されたとはいえ、歪《ゆが》みは拡大し続けている。このまま放置するか、失敗作として創り直すことにするのか。その答えを出すべき時が来たみたいだ」

誰《だれ》もいない虚空《こくう》に向かって異端の神はひとりごちる。

「歪みの最たるモノは、本来は存在してはいけないはずの『創造』の力を持つ人間。……まったく、黒いのもファミリアたちもよくもそんなモノを創りだしたものだ。ある意味脱《だつ》帽《ぼう》だよ。……でもねぇ、そんな存在、僕は簡単に容認《ようにん》できないんだ。ただ即《そく》消しちゃうのは気の毒だからさ、チャンスをあげるよ」

「僕は優《やさ》しい神様だからね」とどこか愉悦《ゆえつ》を含《ふく》んだ声で異端の神は続けた。

「僕に示してよ。君の存在、……いや、この歪んだ世界を残す意味をさ」

――異端の神が沈黙《ちんもく》を破って動き出したことを、知る者はいない。

# 第一章

## ご機嫌なお飾り王妃と不機嫌なうさぎ陛下

大国ルベイラの王都の一角に、『緑葉亭《りょくようてい》』という名の店がある。言葉遣《ことばづか》いは悪いが情に厚い女将《おかみ》と無口な料理人の夫婦《ふうふ》が営んでいるその食堂は、街の中心地から離《はな》れているものの、手ごろな値段で美味《おい》しい料理が食べられるとあって、とても繁盛《はんじょう》している。

特に忙《いそが》しいのはお昼時だ。店の近くにある織物《おりもの》工場やルベイラ軍の駐屯所《ちゅうとんじょ》などからひっきりなしに人が訪《おとず》れて、店の中は常に賑《にぎ》わっている。

もっとも、客の目当ては安くて美味しい定食だけではない。

「リーネちゃん、日替《ひが》わり定食頼《たの》むよ」

「はい、日替わり定食を一人前ですね。少しお待ちください」

「リーネちゃん、席空《あ》いてる？」

「いらっしゃいませ。はい、カウンターでよろしければすぐにご案内します！」

にこやかに応じながら店内を動き回っているのは、エプロンを着けた給仕係《ウェイトレス》の黒髪《くろかみ》の女性、リーネだ。

おさげに結《ゆ》った髪や顔の半分を覆《おお》う眼鏡姿は少し野暮《やぼ》ったく感じられるものの、いつも笑顔《えがお》で明るい彼女は店の看板娘《かんばんむすめ》として親しまれている。彼女に会いたくてやってくる常連客も多いのだ。

「お待たせしましたマイクさん、ゲールさん。ご注文のA定食と日替わり定食です。スープの皿は熱いので気をつけてくださいね」

「ありがとう、リーネちゃん。本当、リーネちゃんは働き者だよな。カイン坊《ぼう》やがいなければ俺が嫁《よめ》にもらいたいぐらいだわ」

常連客のマイクがしみじみと言うと、向かいに座るこれまた常連客の一人であるゲールがすかさず言い返した。

「鏡を見てから言えぇ。お前のような中年にさしかかったオッサンにリーネちゃんはもったいない」

このやり取りを聞いた周囲の客がどっと笑った。

「そうだぞ、鏡を見ろ！」

「我らがリーネちゃんを嫁にもらおうなんて百年早いぜマイク。まぁ、百年後にはお前は墓石の下だろうがな」

「お前ら……ひでぇ言い草だぜ」

——ふふふ、皆《みんな》、仲がいいわね。

当の本人であるリーネは彼らのやり取りを笑顔で見守っている。

ちなみにカインというのは、リーネの恋人《こいびと》だ。若い身ながら軍の将校をしていて、近くの軍の駐屯所に勤めているのでこの『緑葉亭』にもよくやってくる。

カインとリーネはこの店で出会い、恋心《こいごころ》をはぐくんでいった——というのが表向きのなれそめだ。

実はリーネの本当の名前はロイスリーネ。なんと、このルベイラ国の王妃《おうひ》なのである。

そして彼女の恋人の軍人将校カインは、ロイスリーネの夫で国王のジークハルトその人だ。

互《たが》いに忙しい身のはずなのに、なぜ国王が身分を隠《かく》して軍に士官しているのか、なぜ王妃であるロイスリーネが街の食堂のウェイトレスをしているのかといえば、お忍《しの》び兼《けん》ストレス解消のためである。

それぞれ事情は異なるものの「国王」と「王妃」である重厚《プレッシャー》から一時でも離れる必要があった、そんな二人のために周囲の協力もあって作られた人物——それが「カイン」であり「リーネ」なのだ。

もちろん、国王夫妻という重要人物が無防備に働いているわけがない。

ごくごく一部の人間しか知らないことだが、『緑葉亭』の女将リグイラと夫のキーツ、それに店の常連客の多くは国王直属の『影《かげ》』と呼ばれる特殊《とくしゅ》部隊の一員だ。

つまりロイスリーネは、もっとも安全な場所で働いているというわけなのである。

――偶然《ぐうぜん》入った店が『影』たちの本拠地《ほんきょち》で、守ってもらいながら働くことができるなんて、私って運がいいし、恵《めぐ》まれているわよね。皆に感謝しないと。

祖国ロウワンから嫁《とつ》いで以来、ずっとクロイツ派に命を狙《ねら》われる危《あや》うい身の上だったが、こうしてロイスリーネが無事でいられるのも、ジークハルトをはじめとする『影』の皆が頑張《がんば》ってくれたおかげだ。

――恩返しにもならないだろうけど、せめて「リーネ」でいる時はきちんと仕事しないとね！

「リーネ、五番テーブルの注文ができたよ。運んでおくれ」

厨房《ちゅうぼう》からリグイラの声が聞こえてくる。ロイスリーネは笑みを浮《う》かべて元気よく返事をした。

「はい！　すぐに行きますね、リグイラさん」

「ごちそうさん、リーネちゃん」

「ありがとうございました～。またのお越《こ》しをお待ちしております」

客を送り出したロイスリーネは「ふぅ」と一息ついた。怒涛《どとう》の忙しさだったが、昼の営業時間が終盤《しゅうばん》にさしかかるとさすがに客足は減ってくる。ここからのロイスリーネの仕事はもっぱら客の送り出しと後片付けだ。

「さてと、お皿を持っていかないと」

呟《つぶや》きながら使用済みの食器を盆《ぼん》に載《の》せていると、厨房の方からやってきたリグイラに声をかけられた。

「リーネ、その食器はあたしが片づけるから、あんたは『休憩中《きゅうけいちゅう》』の看板を出しに行っておくれ。この時間じゃもう人は来ないだろう。来るとしたらカインくらいだろうけど、今日は来られないんだろう？」

「はい。仕事が詰《つ》まっているそうで」

ロイスリーネはリグイラに盆を渡《わた》しながら苦笑《くしょう》した。

「まぁ、もろもろの後始末が大変だったらしいからね」

「ええ。そのせいで通常の業務が滞《とどこお》ってしまったらしくて、今必死にこなしているんだそうです。あとでたっぷり労《いたわ》ってあげないとですね」

――夫を気遣《きづか》うのは妻の特権……いえ、役目ですもの！

「ふふふ」

ジークハルトを「労る」ことを想像してロイスリーネはにへらと笑う。

ちなみにロイスリーネの考えている「労る」は、ブラッシングしたりモフッたりキスしたり撫《な》でたりすることである。

ロイスリーネの夫はうさぎだ。……いや、正確に言うならばちゃんとした人間なのだが、夜になると呪《のろ》いでうさぎに変身してしまうのだ。

そうと知らずにロイスリーネは毎夜寝室《しんしつ》に現《あら》われる青灰色《せいかいしょく》のうさぎを「うーちゃん」と名づけて可愛《かわい》がっていた。夫に顧《かえり》みられないお飾《かざ》りの王妃だったので、一緒《いっしょ》にいてくれるうさぎをことさら溺愛《できあい》していたのだ。

──だってまさか、うーちゃんが陛下《へいか》だなんて夢にも思わないじゃない？　そりゃあ、うさぎにしてはすごく賢《かしこ》いとは思っていたけれど……。

それがひょんなことからうさぎの正体がジークハルトだということを知ってしまった。夜の間、その姿で命を狙われていたロイスリーネを守ってくれていたことも。

──知った時は陛下とどう向き合ったらいいか悩《なや》んだけど（注：たいして悩んでいません）、夜の神の呪いが解ければ陛下はうーちゃんに変身することもなくなるとリグイラさんに教えてもらったら、迷いとか恥《は》ずかしさなんて吹き飛《ふと》んじゃったわ。

いずれはうーちゃんに会えなくなると知り、「今のうちに堪能《たんのう》しないと絶対後悔《こうかい》する！」と開き直ったロイスリーネは、前にもましてうさぎを溺愛するようになったのだ。

ちなみにジークハルトは自分の妻が「うーちゃん」の正体に気づいていることを知らない。ロイスリーネが周囲に口止めしているからだ。

──だって陛下、私に正体を知られたと分かったら、部屋に来てくれなくなる気がするのよね。そんなの嫌《いや》だもの。

それにだ。ジークハルトがうさぎの振《ふ》りをしていてくれるからこそできることもある。

——前はしつこくしたらうーちゃんに嫌《きら》われるかもしれないと遠慮《えんりょ》していたんだけど……。でも夫婦だもの、多少、愛情表現が激しくても大丈夫《だいじょうぶ》よね？　モフってもキスしても耳を甘噛《あまが》みしてもお腹《なか》の毛に顔をうずめて吸っても構わないわよね？　だって夫婦だもの！　夫婦のスキンシップだもの！

「夫婦だから問題ない」という大義名分を得たロイスリーネは遠慮をやめた。

——モフモフし放題！　うーちゃん吸い放題！　あああ、できるなら今すぐ撫で回したい！

「うふふふふふ」

青灰色のモフモフにモフモフすることを想像し、ロイスリーネはにやけた。

「何を想像しているか、丸分かりだね。まったく」

リグイラが呆《あき》れたようにため息をつく。

「ほら、リーネ。にやにやしていないで看板を下げてきな」

「はーい」

——いっけない。仕事中、仕事中。

しまりのない笑《え》みをどうにか引っ込めて、ロイスリーネは店の外に出た。

『休憩中』の札をかけ、メニューを貼《は》りつけた看板を畳《たた》んでいると、ゴーン、ゴーンという鐘《かね》の音が響《ひび》き渡る。

女神《めがみ》ファミリアを祀《まつ》る神殿《しんでん》の鐘の音だ。礼拝の時間を告げる鐘だが、同時に王都の人々に時刻を知らせてくれる音でもあった。

──うん、いつも通りの時間ね。

鐘の音。街の喧騒《けんそう》。道行く人々の姿。いつもの光景だ。つい半月前、王宮がクロイツ派に襲撃《しゅうげき》されたことも、夜の神の封印《ふういん》が解かれそうになったことも、今のこの平和な風景からは想像もつかないだろう。

──でも全部終わったこと。ルベイラも世界も無事だった。もう何も心配いらないんだわ。

平穏《へいおん》な日々を噛《か》みしめながら店の中に戻《もど》ると、マイクとゲールと話をしていたリグイラが顔を上げた。

「お疲《つか》れ様《さま》、リーネ。今あんたの分のまかないを用意するから、カウンターにでも座って休んでいな」

「でもまだ後片付けが……」

「いいさ。もう店に残っているのはいつもの奴《やつ》らばかりで、実際の客はあそこの二人だけだからね」

リグイラが店の一角にちらりと目を向ける。ロイスリーネもつられて視線を動かすと、テーブル席に向かい合って座って夢中でおしゃべりしている二人の中年男性が目に入った。

常連ではないが、以前にも数回店に来たことがある客だ。

──確か二人とも商人で、普段《ふだん》は別々の街で商売しているみたいなことを言っていた覚えがあるわ。きっとこの間開催《かいさい》された祝賀パーティーに合わせて王都に来ていたのね。

すでに諸外国からの賓客《ひんかく》は帰国して王都のにぎわいも一段落したため、帰途《きと》につく前に商売仲間と食事をしながら情報交換《こうかん》でもしているのだろう。先ほどから店中に聞こえるような大声でしゃべっている。

「そういえば、聞いたか？　以前アルファトが大枚《たいまい》はたいて怪《あや》しげな露店商《ろてんしょう》から金色の羊の毛で作られた敷物《しきもの》を買ったじゃないか」

「ああ。持ち主に幸運を呼ぶとか言われている『金色の羊の毛皮』だろ？　あんなものおとぎ話なのに」

「そうそう。実在しているかも怪しいし、古い毛皮を金色っぽく染めた偽物《にせもの》がたくさん出回っているくらいなのに、アルファトの奴、絶対本物だって言い張って『これは幸運を運んできてくれるんだ。だから売り物にはしない』って息巻いてたんだよな。ところがさ」

どうやら彼らは共通の知り合いの商人のことを話題にしているようだ。なんとなく二人の話を耳にしながらロイスリーネはカウンター席に座った。

「アルファトの野郎《やろう》、なぜかその羊の毛皮の敷物を、突然《とつぜん》スフェンベルグ国の王族に献《けん》上《じょう》しちまったんだとよ」

――スフェンベルグ？

聞き覚えのある国の名前が飛び出してきて、ロイスリーネは記憶《きおく》を探《さぐ》った。

――ええっと、確かルベイラとは友好関係にある国よね。この間の祝賀パーティーにも王太子殿下《おうたいしでんか》が来てくださっていて、ほんの少し言葉を交《か》わしたのだったわ。

祝賀パーティーには大勢の招待客が参加していたため、人となりが分かるほど会話はできなかったものの、ロイスリーネの王太子に対する印象は悪くない。招待客の中で特に目立つことはなかったが、実直な青年といった感じで好感が持てる人物だったように思う。

「そんな古い敷物をよりによって王族に献上するだなんて、怒《おこ》らせるだけなのにと思ったんだが、なんと王女様の一人に気に入られたらしくてな。褒美《ほうび》としてスフェンベルグの鉱山で産出される魔石《ませき》の一部を扱《あつか》わせてもらえるようになったそうだ」

「何⁉　魔石の取引をさせてもらえるだと⁉　くそー、アルファトの奴、うまいことやりやがったな！」

商人の一人が心底羨《うらや》ましそうに言った。

――へぇ、魔石を。

魔石は魔力《まりょく》を込《こ》めることができる特殊な鉱石だ。限られた鉱山からしか採掘《さいくつ》できず、しかも産出量が限られているため希少な石なのだが、美術的な価値はなく、以前は見向きもされていなかった。

しかし、魔法使《まほうつか》いにとっては別だ。魔石は魔力だけでなく魔法そのものも封《ふう》じ込めておけるため、持ち運んで魔法の補助に使っていたそうだ。

そしてここ数百年の間に魔道具《まどうぐ》が普及《ふきゅう》し始めると同時に、その動力源として魔石が使われるようになってからは、魔石の価値がどんどん上がっていき、今ではその希少さから高値で取引されている。

——そうそう、魔石の鉱脈が発見されたって王太子殿下が嬉《うれ》しそうに仰《おっしゃ》っていて、ルベイラにその運用方法を乞《こ》いたいとかなんとか言ってたのよね。なるほど、アルファトという商人はその魔石を売買する権利を得たというわけね。

何しろどんなに質が悪くても魔石というだけで値がつくという状況《じょうきょう》だ。おそらく仲介《ちゅうかい》手数料だけで莫大《ばくだい》な金を手にすることになるだろう。商人たちが羨ましがるわけだ。

——でも魔石に関することは国家事業なのに、一部とはいえよく一介《いっかい》の商人に扱わせる気になったわね。あるいはアルファトという商人がそれほどやり手なのかしら。

なんてことを考えていると、厨房から盆を持ったリグイラが現われた。

「待たせたね。さぁ、食べな」

ロイスリーネの興味は瞬時《しゅんじ》にスフェンベルグ国からまかないに移った。

「わぁ、ありがとうございます！　すごく美味しそう！　いっただきまーす！」

「熱いからね。慌《あわ》てて食べるんじゃないよ」

「はーい！」

満面の笑みを浮かべてロイスリーネはフォークを手に取った。

――あああ、マスのムニエルにこのタルタルソース、最高！　キノコのスープも熱々で美味しいし、パンは外がパリパリで中はふかふかで！

王宮の食事は毒見だのなんだので時間がかかるため、いつも供される頃には冷めてしまう。王宮の料理人によって最高級の素材で作られているため、決して不味《まず》くはないのだが、美味しさは半減だ。

その点、『緑葉亭』の料理は手の込んだものではなくとも、熱々の状態で食べられるのでロイスリーネはいつも楽しみにしている。

「美味しい、すごく美味しい！　さすがキーツさん！」

嬉々《きき》としてまかないを口に運んでいくロイスリーネを、常連客の『影』たちはほのぼのとした気分で見守っていた。

「うーん、いつ見てもリーネちゃんの食べっぷりは最高だな」

マイクが言えばゲールも同感とばかりに頷《うなず》く。

「ああ。リーネちゃんほど『緑葉亭』の定食を美味しそうに食べる人間はいないよなぁ」

見られているとは露《つゆ》知らず、ロイスリーネは幸せいっぱいな気持ちでまかないを食べ終えて食器を戻しに行った。

「ああ、食器はその辺にでも置いておけばいいよ」

厨房には、手にした書類を眺《なが》めるリグイラと、黙々《もくもく》と食器を洗っているキーツがいた。

「まかないありがとうございました、キーツさん。美味しかったです」

彼は「ん」と頷いてロイスリーネから食器を受け取る。

「そういえばリーネ、あんたの寝室にいついているアレの様子はどうだい？」

ふと何かを思い出したように書類から顔を上げたリグイラが口を開いた。

「監視《かんし》しているレーヌからの報告だと特に動きはないようだけど、あんたから見てどうなんだい？」

レーヌというのはロイスリーネ付きの侍女《じじょ》の一人だ。つい最近までロイスリーネは彼女が『影』の一員だと知らず、自室に襲撃してきたクロイツ派の先鋭《せんえい》部隊から助けてもらった際に初めて知ったのだった。

「寝室にいついているアレ……ああ、『くろちゃん』のことですか？」

つい最近、ロイスリーネの寝室には「うーちゃん」以外のうさぎが棲《す》みつくようになった。真っ黒な毛のうさぎで、ロイスリーネは彼女のことを「くろちゃん」と呼んでいる。

「くろちゃんなら私の寝室でのんびりと過ごしていますよ。いえ、のんびりというかゴロゴロしているというか……」

きっと今もベッドの上に置かれた専用のクッションの上で寝《ね》そべっているであろう黒うさぎを想像しながら、ロイスリーネは思わず苦笑を漏《も》らす。

――うさぎってもっと活発に動き回るものと思っていたのに、くろちゃんは本当に大人しくて全然動かないのよねー。

「うーちゃん」もロイスリーネの前でいたずらに飛び回ったりはしないのだが、秘密の通路を出入りする軽快な姿から、若さと活力にあふれているのが見て取れる。けれど黒うさぎにはそれがないのだ。万事《ばんじ》ゆったりのんびりな様子でゴロ寝生活をしている。

――獣医《じゅうい》さんの話ではくろちゃんは二歳くらいのまだ若いメスらしいのだけど、まるでおばあちゃんうさぎみたいなのよね。まぁ、本人もそんな気持ちでいるのかもしれないけれど。

「くろちゃん」は普通《ふつう》のうさぎではない。……いや、「うーちゃん」も普通ではないのだが、彼とはまた別の次元で普通ではないのだ。

おそらく黒うさぎは夜の神に属するモノだろう。確定したわけではないが、ロイスリーネはまず間違《まちが》いないと思っている。

――最初見た時はリリスさん本人かと思ったのだけどね……。

リリスというのは夜の神が最後に誕生させた眷属《けんぞく》であり、人間でもある女性だ。最初の眷属にして原始の亜人アルファー――「アベル」の妻で、初代国王ルベイラとその妹ローレライの母親でもあった。

ロイスリーネとジークハルトは、夜の神が封印された空間へと続く通路でうさぎの姿をしたアベルとリリスと出会ったことがある。「くろちゃん」はその時見たうさぎ姿のリリスとうり二つなのだ。

――う―ん、でも何かこう、リリスさんとは受けるイメージが異なるというか……。

ただ、夜の神が本当の意味で眠《ねむ》りについた直後に現われたことから、かの神と無関係とは思えないのもまた事実だ。

「レーヌの報告だと、黒うさぎは排泄《はいせつ》しないし、抜《ぬ》け毛《げ》もないらしいね。あんたの侍女たちは世話がしやすいと喜んでいるようだけど、生き物としては不自然極《きわ》まりないよ」

「そうですね」

リグイラの言葉にロイスリーネは困ったように笑った。

黒うさぎを寝室で飼うことになったロイスリーネは、それはもう張り切ってペット用の小屋や寝床《ねどこ》に敷《し》く干し草、トイレなどを用意したものだった。ところがせっかく設置したそれらに黒うさぎは見向きもしなかった。彼女のお気に入りの場所はロイスリーネのベッドの上一択《いったく》である。

そして不思議なことに、食べ物や飲み物を与《あた》えると多少は口にするのに、当然その後に必須《ひっす》なトイレを使った形跡《けいせき》がないのだ。

もちろんどこかで粗相《そそう》した跡《あと》もなければ、そんな場面を見た者もいない。いつもゴロゴロしているクッションには抜け毛一つ付いていなかった。

――生きているのに、おおよそ生きている証《あかし》というものが存在しないのよね、くろちゃんって。もちろんうーちゃんだって抜け毛なんてないけど、それは本当の姿が人間だからであって、くろちゃんとはまた状況が違うし……。

「しかも、黒うさぎの目の色、変わったんだろう？」

リグイラは言いながら自分の目を指さした。ロイスリーネは頷く。

「はい。私の寝室に現われた日のくろちゃんは確かに黒目だったんですけど、次の日の朝には緑色に変わってました」

これも不思議なことだった。動物も目の色が変わることがあるのは知っていたが、たった一晩であぁもはっきり変化するだろうか。普通ならありえないが、黒うさぎが夜の神に属するモノであるならば、瞳《ひとみ》の色を変えることなど造作もないに違いないだろうが……。

「やれやれ、あの黒うさぎに関しては分からないことだらけだ。あんたに敵意はなさそうだからあたしらも監視しているだけに止《とど》めているけれど、どうしたものかねぇ」

ため息をつくリグイラにロイスリーネは笑顔を向けた。

「大丈夫です。くろちゃんのことは心配いらないと思います。根拠《こんきょ》のない勘《かん》ですけどね」

「まぁ、あんたがそう言うなら……」

ロイスリーネの勘はよく当たる。祖国ロウワンでは、祝福《ギフト》を持たずに生まれて、魔力があっても魔法は使えない「期待外れの姫《ひめ》」と一部の臣下に揶揄《やゆ》されたこともあるが、こと「勘」にかけては誰《だれ》よりも優《すぐ》れていると自負している。

「この道は行かない方がいい」と思い引き返した後に陥没《かんぼつ》事故が起こったり、「今すれ違った外交官、すごく怪しくない？」と思った人物を調べさせれば、国外持ち出し禁止の貴重な薬草を密輸出していたなど、例を挙げればキリがないほどだ。

こうした事実をジークハルトも『影』であるリグイラも知っているので、ロイスリーネの言うことを信じて黒うさぎのことを黙認《もくにん》してくれている。

「リーネ、だからと言って、油断だけはしないようにしておくれよ。クロイツ派は壊滅《かいめつ》したけど、また何があるか分からないんだからね」

「分かってますって」

そんな話をしていると、厨房の外から声がかかった。

「リーネちゃん、商人さんたち会計だってさ！」

マイクの声だ。どうやら先ほどの商人たちが帰ろうとしているらしい。

「はーい！　じゃあ、リグイラさん、ひと仕事してきますね！」

すぐさま切《き》り替《か》えて応じると、ロイスリーネは慌ただしく客席の方に戻っていった。頭の中は仕事のこととモフモフのことでいっぱいで、商人たちが交わしていた会話のことはすでに隅《すみ》の方に追いやられている。

――会計をして後片付けをしたら今日の仕事は終了《しゅうりょう》ね。王宮に戻ったら夜までくろちゃんをモフろう。大人しいからモフり放題なのよね～。

もちろんロイスリーネの一番は「うーちゃん」なのだが、すぐ近くにモフれる存在がいるなら手が出てしまうのは仕方のないことだ。

――うふふ、モフモフ～。

今日もロイスリーネはご機嫌《きげん》で働いている。

「陛下、新しい書類、ここに置いておきますね」

宰相《さいしょう》のカーティスが書類の束をドサッと机の上に置いていくのを、ジークハルトは眉《まゆ》一つ動かさずに見つめた。その表情は淡々《たんたん》としており、何の感情も映してはいない。

お目付け役として長年彼の傍《そば》にいたカーティスは、無表情にしか見えないジークハルトの気持ちが手に取るように分かっていた。

「お忍びに行けずイライラする気持ちは分かります。ですが、これはどうしても今日中に処理しなければならない書類なのですよ、陛下」

「……分かっている」

地を這《は》うような声を出し、ジークハルトは一番上の書類に手を伸《の》ばした。

ルベイラ国王ジークハルトは不機嫌《ふきげん》だった。苛立《いらだ》っていたし、サインをする手にいつも以上に力が入り、ペンがギシギシいっているのも分かっていた。

ただ、その気持ちを表に出すことはない。ジークハルトの気分に反して彼の表情は動くことなく、無表情ですらあった。

「あとひと踏《ふ》ん張《ば》りですよ、陛下。この半月、死ぬほど忙しかったですが、これさえ片づけてしまえば、あとは通常に戻れるでしょう」

「そうだな」

慰《なぐさ》めるようなカーティスの言葉に、ジークハルトは頷いた。

……この半月、ジークハルトは国王に就任して以来もっとも忙しい日々を過ごしていた。

ロイスリーネとの結婚《けっこん》一周年を祝う祝賀パーティーが開かれる直前、ルベイラ王宮はクロイツ派の襲撃を受けた。王宮には諸外国の要人が訪れていたため一時は大混乱に陥《おちい》ったが、彼らの目的が要人ではなかったこともあり外交問題にならず事なきを得た。

開催が危ぶまれたものの祝賀パーティーは予定通り行われ、つつがなく終了した――まではいいが、その陰《かげ》でジークハルトたちは諸々《もろもろ》の後始末に追われていたのだ。

洗脳されて夜の神の眷属「シグマ」に身体《からだ》を乗っ取られていた、神聖メイナース王国の王太子ルクリエース。正気に戻った彼は自分の置かれている状況を知り戸惑《とまど》っていた。

当然だろう。気づいたら神聖メイナース王国から遠く離れたルベイラ国にいるし、知らぬ間に大神殿《だいしんでん》と対立するような言動をしていたと聞かされたのだから。

ルクリエースは侍女として潜《もぐ》り込んでいたクロイツ派の教祖「プサイ」によって洗脳され、ここ一年ほどの記憶がまったくないらしい。

けれど、さすが一国の王太子なだけあって、彼は自分の置かれた状況を冷静に受け止めた。魔法通信でニコラウス審問官《しんもんかん》と話ができたのもよかったのだろう。

『ニコラウスも私もこれからが大変でしょうね。けれど、幸か不幸か王国と大神殿の関係は良い方に変わってきているようです。今回の責任を取って私は王太子の座を退くことになるかもしれませんが、私はこれからの神聖メイナース王国と大神殿が、新しい関係を築いていけるよう尽力《じんりょく》していこうと思っています』

そう宣言したルクリエースは予定通り祝賀パーティーに出席し、つい先日神聖メイナース王国に帰っていった。

問題は大神殿の方だ。

自分たちの足元で長年クロイツ派が暗躍《あんやく》していたことに気づかなかったばかりか、夜の神に至る扉《とびら》の封印の鍵《かぎ》を、プサイ（身体は偽《にせ》聖女イレーナ）に魅了《みりょう》された教皇があっさりと渡してしまったのだから。

大神殿の内部は荒《あ》れに荒れて収拾《しゅうしゅう》がつかなくなっているそうだ。

——さすがについ先ごろ教皇の座についたばかりだから交替《こうたい》ということはないかもしれないが、求心力を失うことは必至だ。神殿内部の権力図が大きく変動するだろうな。

上層部が責任を押し付け合っているせいかルベイラ国との話し合いも遅々《ちち》として進まず、ジークハルトの時間を大きく削《そ》ぐ原因となった。

——夜の神の封印のことでも、自分たちが蚊帳《かや》の外に置かれたことが気に入らない様子だったな。まったく……。

なんとか宥《なだ》めて話し合いを進め、ようやく後始末もすんだと思ったら、今度は溜《た》まった通常業務の処理が待っていた。不眠《ふみん》不休で働いてきたのだ。いいかげんジークハルトも限界が来ていた。体力ではなく、精神面での限界が。

もっとも、ジークハルトの不機嫌の最たる部分は仕事のことではない。

「違うよ、カーティス。ジークがこうなっているのはお忍びができないからじゃないよ」

処理済みの書類を各部署に届けに行っていたはずの従者のエイベルが、いつの間にか戻ってきて言った。

「ジークは王妃様の最愛のペットの座が、黒うさぎに奪《うば》われそうになっているのが気に入らないんだ」

「なるほど」

「違う。……いや、違わないけど、違う」

ジークハルトはエイベルをじろりと睨《にら》んだ。

「え？　どっちなの？」

「確かに黒うさぎが四六時中ロイスリーネにくっついているのを見ると苛立つし、俺の目の届かないところでロイスリーネに散々撫でてもらっているのかと思うと、腹が立つ」

「……全然違わなくないじゃんか」

ツッコむエイベルの言葉をまるっと無視してジークハルトは続けた。

「けれど俺が一番気に入らないのは、うさぎになってしまう現象が黒うさぎのせいだということだ！」

ジークハルトはダンッと机を叩《たた》いた。その衝撃《しょうげき》で書類の一部が床《ゆか》に落ちていく。

そうなのだ。何が不満なのかといえば、依然《いぜん》として夜になるとうさぎに変身してしまうことがもっともジークハルトを苛立たせているのである。

――くそっ、ようやくロイスリーネと本当の夫婦になれると思ったのに……！

ロイスリーネとジークハルトは、残念ながら実質的にはまだ契《ちぎ》りを交わしていない。原因はもちろん、ジークハルトが夜になるとうさぎになってしまうからである。

そのため結婚して一年も経《た》つのに、未《いま》だに二人は清い関係のままだ。そのせいでロイスリーネは「お飾り王妃」などと呼ばれてしまい、事情を知らない一部の臣下や貴族たちから侮《あなど》られている。

「それはまぁ、気の毒だと思うよ、うん」

エイベルが深い同情の念を示す。

夜の神の呪いが消えて、ようやくジークハルトの想《おも》いも叶《かな》うと期待していたエイベルたちもがっかりしたのだ。

カーティスが床に散らばった書類を拾いながら言う。

「ですが、まだ陛下がうさぎに変身してしまうのが黒うさぎのせいだと確定したわけではありませんよ。あくまで推測だとライナスも言っていましたし、元はと言えば陛下の体質のせいというか……」

呪いはなくなったのに依然としてうさぎに変身してしまうジークハルトを調べたのは王宮付き魔法使いの長、ライナスだ。

ライナスだけではなく、ファミリア神殿に所属する『解呪《かいじゅ》』のギフトを持つ聖女、ミルファにも密《ひそ》かに視《み》てもらった。前にジークハルトが人間に戻れなくなった時は『女神の御《み》使《つか》い』が介入《かいにゅう》していたので、今回もまた同様ではないかと考えたからだ。

けれどミルファは首を横に振ってそれを否定した。

『いいえ、陛下には何の呪いもかかっていません。以前巻きついていた赤黒い紐《ひも》も、金色

の紐も、今は綺麗《きれい》さっぱり消えていますから。……でも、本当にうさぎなんですねぇ』

余談だが、うさぎのジークハルトをギフトで視たミルファは感心したように付け加えたものだった。

以前にもうさぎ姿のジークハルトを視たことがあるミルファだが、その際は呪いを示す赤黒い紐にぐるぐる巻きにされた状態だった。かろうじて耳だけ分かったものの、うさぎには見えなかったのだという。

『王妃様が赤黒い紐でぐるぐる巻きにされたものに頰《ほお》ずりをしたりキスしたりするのを見てちょっと引いていたのですが、ちゃんとうさぎだったことが分かって安心しました』

『キュ……（そ、そうか）』

何とも形容しがたい気持ちになったジークハルトだった。

が、ミルファによって完全にジークハルトにかかっていた夜の神の呪いはなくなったことが証明されたと同時に、うさぎになる現象は謎《なぞ》のまま残されてしまった。

ジークハルトの身体を調べたライナスは、一つの仮説を口にした。

『……あくまで私の推測ですが、おそらく陛下の身体がその状態に慣れてしまっているのが原因ではないかと思います』

『身体がその状態に慣れてしまっている？　どういうことだ、ライナス』

眉を顰《ひそ》めるジークハルトにライナスは微笑《ほほえ》んだ。

『例えば、虫歯を治療《ちりょう》して、原因を取り除いたのにまだ歯が痛むといった現象が起こることがあります。神経が過敏《かびん》になっているために、以前の痛みを身体が再現してしまうのです。それと同じ事象だと考えてください。陛下はまだ王太子だった時代からずっと毎晩のようにうさぎに変身してきて、それに身体が慣れてしまっているということです』

ジークハルトがうさぎに変身するようになったのは十二歳の時だ。祖父王が亡《な》くなり、父親が即位《そくい》したと同時にジークハルトも立太子《りったいし》した。その時からだ。

『つまり、十年間毎夜うさぎに変身していたため、呪いが解けた後も同じように変化しようとしてしまう、ということですか？　なるほど、ありえますね』

カーティスには納得《なっとく》できるものだったらしい。しきりに頷いている。

『はい。虫歯の場合は時が経てば落ち着いてきて痛みを感じなくなっていくことが多いです。この例に照らし合わせれば、陛下も時が経てばいずれうさぎに変身しなくなるものと思います。……ですが、不確定要素があるため必ずそうなるとは言い難《がた》いですけれど』

『……黒うさぎか』

ロイスリーネの寝室に突然現われた謎のうさぎ。

現われた時期を鑑《かんが》みても、夜の神に関連があるのは確かだ。

『ええ。黒うさぎが夜の神に属するものなら、知らず知らずのうちに陛下が反応してしまっている可能性は大いにあります。何しろ神経が過敏になっているわけですから』

『俺の身体が慣れるか、もしくは黒うさぎを排除《はいじょ》するしかないというわけだな？』

だが、特に害をもたらしているわけではない黒うさぎを即《そく》排除するわけにはいかない。

不確定とはいえ、おそらく夜の神に属するモノだ。下手な扱いはできないし、放逐《ほうちく》したら何を引き起こすか分かったものではないとなると、目を離すのも危険だ。

複雑な思いを抱《かか》えながらジークハルトたちは黒うさぎを監視しつつ、しばらく様子を見ることにしたのだった。

……だが、あれから半月経つものの、未だにジークハルトはうさぎになるし、黒うさぎは正体不明のままだ。

「くそっ、俺はいつになったらロイスリーネと夜を過ごせるようになるんだ！」

苛立たしげにジークハルトは前髪《まえがみ》をかき上げる。

カーティスとエイベルは顔を見合わせた。ジークハルトの気持ちは分かるが、こればかりはどうすることもできないだろう。

エイベルは明るい声で話題を変えた。

「あ、そういえば、神聖メイナース王国の宮殿《きゅうでん》の地下から見つかった元神殿長のガイウスは、なんとか一命を取り留めたようだね。回復し次第《しだい》、イレーナともども裁判にかけられるらしいよ」

イレーナと一緒にクロイツ派に攫《さら》われたガイウス元神殿長は、王太子の宮殿の地下で謎の遺体とともに発見された。飲まず食わずで放置されていたためにかなり衰弱《すいじゃく》していたようだが、大神殿の総力を挙げて治療したおかげでなんとか持ち直したようだ。

だが命は助かったものの、ガイウスやイレーナには厳しい沙汰《さた》が待っていることだろう。

そしてガイウスと同じく地下で見つかった遺体だが、ロイスリーネの大叔母《おおおば》にあたるローザで間違いないとの結果が出た。ローザの遺体からは大量のトカラの実の成分が検出され、彼女が長い間洗脳状態にあったことが明らかになっている。

ローザの遺体は姪《めい》にあたる「鑑定《かんてい》の聖女」ロレインが引き取り、ロウワンにある一族の墓に葬《ほうむ》られることとなった。

「捕縛《ほばく》したクロイツ派の連中の証言により、組織の残党も各地で捕《つか》まっているみたい。もうこれでクロイツ派の脅威《きょうい》はなくなったと見ていいんじゃないかな」

「そうだな」

エイベルの言葉に同意しながらもジークハルトの口調は重かった。

――そう、確かにクロイツ派にはもうロイスリーネを狙う余力などないし、夜の神の眷属たちがいなくなった今、彼女を狙う理由もないだろう。だが……。

ジークハルトが懸念《けねん》していることに気づいたカーティスが気遣うように声をかけた。

「陛下。陛下は眠りにつく前に夜の神が言っていた言葉を気にしておられるのですね」

「ああ、そうだ」

夜の神は眷属たちとともに眠りにつく前に確かにジークハルトたちにこう言っていた。

【『破壊《はかい》と創造』の権能を狙う者はまだいるぞ。気をつけよ】と。

夜の神の眷属たちがロイスリーネを狙っていたのは、彼女が『還元《かんげん》』のギフト——つまり夜の神に由来する『破壊と創造』の権能を持っていたからだ。

彼らはその力があれば夜の神を封印から解き放つことができると考えていた。それに、大事な彼らの夜の神の権能の一部を、たかが人間が持ち得ていることが我慢《がまん》ならなかったのだろう。しつこくロイスリーネの命を狙っていた。

だが、眷属たちを除けばただのクロイツ派の信者たちがロイスリーネを狙う理由はなくなる。

「捕《とら》えたクロイツ派の者たちも、命令に従っていただけで、なぜ自分たちがロイスリーネの命を狙っていたのか理由を知っている者はいなかった。おそらく幹部以外の人間には知らされていなかったのだろう」

「そうですね。ただ、そうなると、夜の神が言っていた『破壊と創造』の権能を狙う者とは一体誰なのかという問題が残りますね」

「ああ」

カーティスは手を顎《あご》に当てて少しの間思案すると、口を開いた。

「……実を言いますと、夜の神の忠告のことを差し引いても、私はすべてが終わった気はしていないのです」

「カーティス、どういう意味だ？」

堅実派《けんじつは》のカーティスは、突然の思いつきでこんなことを言い出す人間ではない。おそらくこの半月、何度も頭の中で反芻《はんすう》し続けていたのだろう。

「一番気になったのは、王妃様のギフトのことです」

ロイスリーネはギフト持ちではないと言われていたが、本当は二つのギフトを持って生まれた。夜の神の持つ『破壊と創造』の権能の欠片《かけら》である『還元』と『神々の寵愛《ちょうあい》』だ。

「私と陛下は、最初は『神々の寵愛』のギフトが問題なのだと考えておりました。ロウワンのローゼリア王妃もそのようなことを仰っていましたから」

六百年前、大陸中の国々を巻き込んだ大きな戦いがあった。その発端《ほったん》となったのがとある女性の持つ『女神の寵愛』というギフトだ。

『女神の寵愛』は、持っているだけで彼女のみならず周囲に神の恩恵《おんけい》が与えられ、豊穣《ほうじょう》や幸運が約束されるという特殊な力だったと言われている。そのため、彼女を得ようと各国が争うようになった。

ひどい戦いだったようだ。結局、自分を巡《めぐ》って命が失われていくことを嘆《なげ》いた女性が、自ら命を絶つことでようやく戦いが収束した。

ロウワンの王妃は、『神々の寵愛』のギフトを巡って再び世界が争わないよう、ギフト持ちであることを本人《ロイスリーネ》にすら隠している——そう言っていたのだ。

「私たちも詳細《しょうさい》がまったく不明の『還元』より『神々の寵愛』のギフトの方がはるかに重要だと考えていました。王妃様がクロイツ派に狙われるのもそのせいだと。でも、実際、クロイツ派の狙いは『還元』のギフトの方でした」

ジークハルトは頷いた。

「そうだな。『還元』の力を知っていたら、狙われるのも無理はないと思った」

世界を創造した古い神々だけが持ちうる『破壊と創造』の力だ。途方《とほう》もなく貴重なギフトであり稀有《けう》な力だと言える。

「ええ、ですから、私たちの意識はすっかり『還元』の方に向けられ、『神々の寵愛』について深く考えることはありませんでした。でも、夜の神が眠りについた今、ふと疑問に思ったのです。『神々の寵愛』とは何なのか。なぜ二つものギフトが王妃様に与えられたのかと」

「そういえばそうだな」

今気づいたかのようにジークハルトが目を見開く。

「『還元』のギフトは、もともとリリスが持っていたものだ。それがリリスの血を継《つ》いだ子孫のロイスリーネに現われた。そこまでは分かる。だが、神々はなぜさらに『神々の寵愛』などというギフトを与えたのだろうか。よくよく考えてみれば妙《みょう》だな」

「はい。そもそも『女神の寵愛』『神々の寵愛』といったギフトの力もよく分かっていません。女神の恩恵を受けられると言いますが、そう伝えられているだけではっきりしておりませんしね。何より、陛下と私がこの目で見たものは、豊穣や幸運とはまったく異なるものでしたし」

七年前、ロウワンの地を訪れたジークハルトとカーティスは、ロイスリーネがその不思議な力を行使する場面を目にしている。

『クロイツ派なんて、この国に入ってこられなくなればいいのに――』

そうロイスリーネが口にしたとたん、キラキラと空から光と『声』が落ちてきてロイスリーネに降り注いだのだ。

――いいわ、私たちの可愛い子。

――君の願いを叶《かな》えてあげよう。

そんな声とともに、魔力ではないが、それでいて強力な何かの力がロウワンを包み込んだのが、ジークハルトたちにも分かった。

結局ロウワンに滞在《たいざい》中、ロイスリーネに落ちてきた光が何をしたのかは分からなかったけれど、それから一年後、害意を持つ者がなぜか国に入ることができなくなっているようだと、ローゼリア王妃から知らされた。

あの光と声は、確実にロイスリーネの願いを叶えたのだ。

「……確かに、俺たちは『神々の寵愛』がどういう力なのか、よく分かっていないな」

「王妃様の先祖の一人、六百年前の大戦の原因となったローレンという女性も『還元』の他に『女神の寵愛』を持っていたという話ですので、おそらくこれらのギフトはセットになっているのでしょう。そこに意味があるはずなんです」

「そうだな。『女神の御使い』がいれば聞けるんだが……」

『女神の御使い』は、ロイスリーネがロウワンから持ってきたジェシー人形の身体を借りて、何度かジークハルトたちの前に現われている。だがその出現は一方的でこちらから呼ぶ術《すべ》はない。

「……ひとまず、今できることをするしかないな。ロイスリーネには窮屈《きゅうくつ》だろうが、油断せず今の警戒《けいかい》態勢を崩《くず》さずに維持《いじ》してくれ」

「はい。了解《りょうかい》しました」

「では、仕事に戻るか。一刻も早く終わらせたい」

話がいったん落ち着いたところでジークハルトは改めて書類の束に手を伸ばした。だが、指先が紙に触《ふ》れようとしたその時、扉の外が騒《さわ》がしいことに気づいて手を止める。

どうやら誰かが扉の外の護衛騎士《きし》と問答しているようだ。

「誰が来たんだろう。ちょっと確認《かくにん》してくる」

同じく外の喧騒に気づいたエイベルが確かめるべく扉に向かった。いつもの飄々《ひょうひょう》とした様子で扉の外に出たエイベルは、すぐに戻ってきて困惑《こんわく》したように告げた。

「ジーク、外務大臣が来ていて、目通りを願っているよ。何か火急の用件があるみたい」

「外務大臣が？」

ジークハルトはカーティスと顔を見合わせる。

「外交上のことで何かあったのかもしれませんね」

「ああ。エイベル、外務大臣を通してくれ」

「了解」

再び扉の外に出たエイベルは、今度は外務大臣を連れて戻ってきた。大臣の額にはうっすら汗《あせ》が光っている。どうやら相当慌てて来たようだ。

「陛下、突然申し訳ありません」

「外務大臣、何事だ？」

ジークハルトが淡々とした口調で尋《たず》ねると、外務大臣は困ったような表情で懐《ふところ》から一通の書状を取り出した。

「これは先ほどスフェンベルグ国王から届いた書状です。外務府の方で中身を検《あらた》めたところ、すぐに陛下にお知らせするべきかと思いまして」

「スフェンベルグ国王からの書状？」

外国から届く書状は、安全のために一部を除いてすべて外務府で検められることになっている。

ちなみにその一部というのは、ジークハルトやロイスリーネ宛《あ》てに届けられるごくごく私的な手紙のことだ。ロウワン国から届く家族からの手紙などがそれにあたる。

「はい。突然前触《まえぶ》れもなく届きまして。内容が内容だけに、どう処理するべきか陛下のご判断を承《うけたまわ》りたく……」

——一体、何が書かれているんだ？

疑問に思いながらもジークハルトは書状を受けとり、中を開いた。

「…………………」

「陛下？　へーいか？」

「スフェンベルグ国王は何と？」

書状に目を通したものの、まったく反応がないジークハルトの様子にカーティスとエイベルが怪訝《けげん》そうに尋ねた。

けれど彼らは、すぐにジークハルトが怒《いか》りのあまり言葉が出せなかったのだと知る。

「…………ふざけるなっ！」

ジークハルトは書状を握《にぎ》りつぶしながら吐《は》き捨《す》てた。

「陛下⁉」

「これを読め」

怒りを表すように低い声で言うと、ジークハルトはカーティスにくしゃくしゃになった書状を突《つ》きつける。

眉を顰めながら書状を受けとり、ざっと目を通したカーティスは息を呑《の》む。カーティスの横から彼の手元を覗《のぞ》き込んだエイベルも目を見開いた。

——その書状には「魔石の鉱山の所有権と引《ひ》き換《か》えに、スフェンベルグの第二王女エリューチカをジークハルト王の第二王妃に迎《むか》えてもらいたい」と書かれていたのだった。

# 第二章　スフェンベルグからの縁談

「え？　スフェンベルグの王女を第二王妃《おうひ》に、ですか？」

王宮に戻《もど》った直後、ジークハルトに呼び出されて執務室《しつむしつ》へ赴《おもむ》いたロイスリーネは、彼の口から語られた内容に驚《おどろ》いて聞き返した。

「ああ。まったくふざけた申し出だ」

表情こそ淡々《たんたん》としていたが、ジークハルトの言葉からは憤《いきどお》りが滲《にじ》み出ている。

「もちろんすぐに断りの書状を送り、ルベイラに駐在《ちゅうざい》しているスフェンベルグの外交官を呼んで厳重に抗議《こうぎ》いたしました。ルベイラとしてはこのような申し出は検討する意味も価値もありませんからね」

カーティスが口を挟《はさ》む。こちらもいつものように柔和《にゅうわ》な笑《え》みを浮《う》かべているが、スフェンベルグの申し出に対して快く思っていないのが丸分かりだ。

「外交官は寝耳《ねみみ》に水だったようで、大変驚いていましたよ。縁談《えんだん》を申し出たというのに外交官が何も知らないなんて、スフェンベルグの体制は一体どうなっているのやら」

外交官は謝罪もそこそこに、本国に確認《かくにん》するため慌《あわ》てて王宮を辞したそうだ。

「ルベイラに駐在している外交官すら知らなかったのならば、どうやってスフェンベルグはルベイラと交渉《こうしょう》するつもりだったのかしら……？」

「大臣たちにも確認しましたが、皆《みな》、王女の話は初耳だったらしくてびっくりしておりましたね」

「祝賀パーティーで顔を合わせたスフェンベルグのライオネル王太子《おうたいし》は礼儀《れいぎ》正《ただ》しかったし、それほど愚《おろ》かな人物には見えなかったのだがな……」

ジークハルトがポツリと呟《つぶや》く。

縁談を持ち込む場合はまず派遣《はけん》している外交官を通じてルベイラの有力貴族に根回しをするところから始まるのが一般的《いっぱんてき》だ。その上で有力貴族から王族に話を奏上《そうじょう》してもらい、さまざまな条件を話し合い、ほとんど合意にこぎつけた上で、正式に相手国の国王から縁談の申し出をもらって承諾《しょうだく》する、という流れになる。

つまり、いきなり王族に縁談が持ち込まれることはほとんどなく、相手国の王から申し出の書状が来た段階で、水面下では交渉が成立しているのが当たり前なのだ。

──それなのに、必要な手順を端折《はしょ》っていきなり書状だけで縁談を申し込むなんて。下手をすれば友好関係にヒビが入るのに。……いえ、それ以前の問題よね、これは。

ロイスリーネは眉根《まゆね》を寄せながら尋《たず》ねる。

「ところで『第二王妃』って書いてあるみたいだけど、私の知らないところでルベイラの法律が変わっていたのかしら？」

縁談の話を聞いてまずロイスリーネが驚いたのは「第二王妃」の部分だった。ルベイラの王族に縁談を申し込むならあってはならないはずの単語だったからだ。

「いえいえ、変わってませんよ、王妃様。ルベイラは一夫一妻制のままです」

場違《ばち が》いとも思えるほど明るい声でそう答えたのは、エマと並んで部屋の端《はし》に控《ひか》えていたエイベルだ。

「貴族も国民も。もちろん、王族も例外ではなく、妻は一人しか娶《めと》ることができません。だからジークの妃《きさき》は王妃様一人です」

エイベルの言葉にジークハルトも無言でうんうんと頷《うなず》いている。

「ですよねぇ」

そうなのだ。ロイスリーネの祖国ロウワンと同じく、ルベイラは王族であっても一夫一妻制を取っているので「第二王妃」なんてものは存在しないのだ。王妃を名乗れるのは一人だけ。

もちろん、夫婦《ふう ふ》関係が必ず皆うまくいくはずはなく、中には愛人や妾《めかけ》を囲っている国王もいただろうが、表には出てこない。子どもが生まれたとしても庶子《しょし》に相続権は与《あた》えられないのが普通だ。

「それなのにエリューチカ王女を『第二王妃』にという申し出はどういうことなのかしら？」

「スフェンベルグは一夫多妻制を取っているからでしょうね。書状に出てくる第二王女のエリューチカ殿下《でんか》も、スフェンベルグ国王の第二王妃のお子だそうです。ああ、第二王妃はすでに鬼籍《きせき》に入られているようですね」

カーティスが一枚の紙（おそらくスフェンベルグ王族についての報告書）に目を落としながら答える。

「ルベイラに来ていたライオネル王太子の母君は第一王妃。その他にも王子と王女が一人ずつおられるようですが、彼らの母君は第三王妃のようですね。第四王妃もいるそうですが、子どもはいないとのことです」

「妃が四人も……。争いが絶えなそうね」

四人も妃がいれば子どもがたくさん生まれて跡継《あとつ》ぎには困らないだろう。だが、そのうちの誰《だれ》が王位を継承《けいしょう》するかで揉《も》めることも多く、権力争いの結果、内乱が勃発《ぼっぱつ》することも少なくないそうだ。

「スフェンベルグは早々に長子のライオネル王子を王太子にしたことで混乱はないそうです。異母兄弟《いぼきょうだい》たちも仲は悪くないと。まぁ、それはあくまで表向きであって、内情は分かりませんが」

「しかも魔石の鉱山を持参金代わりに、すでに王妃のいるルベイラに『第二王妃』をあてがおうだなんてルベイラを何だと思っているんだ。事と次第《しだい》によっては友好関係を見直すことも辞さない」

ジークハルトが断固とした口調で告げる。国のことに関しては何事も慎重《しんちょう》な彼が断交を口にするほど、怒《いか》りを覚えているのだろう。

「ご安心を、陛下。外交官にはその旨《むね》もしかと伝えておきました」

カーティスがにこにこと笑いながら言った。

「青ざめておりましたが、本国の暴走を止められなかった時点で同罪ですからね。さて、相手がどんな言い訳をするか楽しみです」

宰相《さいしょう》として極《きわ》めて優秀《ゆうしゅう》なカーティスも、スフェンベルグを切ってもよいと考えているようだ。

──まぁ、無理もないけれど。だってどう考えても無礼だし、うちが侮《あなど》られているってことですものね。

根回しもせず突然《とつぜん》縁談を申し込むのもそうだが、相手国の制度を考慮《こうりょ》してないという時点ですでに礼を欠いている。ジークハルトやカーティスでなくとも、腹を立てるだろう。

──でも、スフェンベルグも言わば宝の山を差し出すくらい本気で「ルベイラ王妃」の座を狙《ねら》っているのかもしれない。だとしたら、私を廃妃《はいひ》にしてエリューチカ王女を王妃にと狙っていることと？

穿《うが》った考えだが、「お飾《かざ》りの王妃」と陰《かげ》で言われているロイスリーネならば簡単に王妃の座から引きずり下ろすことができると思われた可能性も否定できない。

——ムムム。面白くないわね。

内心でそんなことを考えながらロイスリーネは腕《うで》の中にいるモフモフを撫《な》でる。その際、無意識のうちに眉をひそめてしまったらしく、ジークハルトがロイスリーネに声をかけた。

「大丈夫《だいじょうぶ》だ、ロイスリーネ。何も心配することはない」

どうやらロイスリーネが他国から持ち込まれた縁談を気に病《や》んでいると思ったらしい。

その口調はとても優《やさ》しげだった。

「本来なら君の耳に入れる価値もない話だが、宮殿《きゅうでん》内で噂《うわさ》になることもあるかもしれない。他人の口から君に伝わるより俺の口から説明したかっただけだ。深刻になる必要もない。俺の妃は君だけだ」

向けられた真剣《しんけん》な眼差《まなざ》しに、ロイスリーネの胸がキュンと高鳴る。

「陛下……。大丈夫です。私、陛下のこと信じていますから」

「ロイスリーネ……」

ジークハルトの青灰色《せいかいしょく》の目がふと熱を帯びる。ロイスリーネはほんのりと頬《ほお》を染めてジークハルトを見返した。が、次の瞬間《しゅんかん》、目の前を横切った黒い尖《とが》った耳に気を取られ、すぐさま視線を外して腕の中のモノに微笑《ほほえ》んだ。

「あら起きたのね、くろちゃん」

ヒクッとジークハルトの口端《こうたん》が引きつった。

「…………………ロイスリーネ。聞くまいと思っていたけど……」

ロイスリーネが執務室に入ってきた時からジークハルトはその存在を無視してできるだけ視界に入れないようにしていた。だがとうとう限界に達したらしい。

「どうしてそいつを連れてきているんだ？」

胡乱《うろん》な目をしたジークハルトが指さした先にいるのは、ロイスリーネの胸に抱《だ》かれている黒うさぎ。

そう、大人しくて全然動かなかったので存在感こそなかったが、実はロイスリーネは黒うさぎを連れて執務室に来ていたのだ。

ひょこっと顔を上げた黒うさぎの背中を撫でながらロイスリーネは答える。

「いえ、『緑葉亭《りょくようてい》』から帰ってきて『さぁ、モフモフするぞ』とくろちゃんを抱き上げたところで陛下から呼ばれたので……つい？」

「ついって……」

絶句しているジークハルトをよそにロイスリーネは楽しそうに告げた。

「もちろんそれだけが理由じゃないですよ。連れ歩くことで皆にくろちゃんが私の飼っているうさぎだと知ってもらおうと思いまして。ほら、うーちゃんと違《ちが》ってくろちゃんは秘密の通路を使えないじゃないですか。だから部屋の外にうっかり出た時に追《お》い払《はら》われたり捕《つか》まったりした時のために、皆に認知《にんち》してもらいたいんです」

これは本当の理由だが、すべてではない。真の理由は「くろちゃんの愛らしさをみんなに見てもらいたい！」であった。要するに自慢《じまん》したいのだ。

——本当はうーちゃんを連れて歩きたいんだけど、昼間は来られないから、なかなか機会がなかったのよね。でもくろちゃんは一日中部屋の中にいてくれるから。

一方、ジークハルトはそんなロイスリーネの野望（？）を知《し》る由《よし》もなく、忸怩《じくじ》たる思いで歯を食いしばっていた。

確かにロイスリーネの言うことには一理ある。だが、ジークハルトは気に入らなかった。

「くそっ、本来なら俺がそこに収まるべきはずなのに！」とどうしても考えてしまうのだ。だがそんなことを言えるはずもなく、もやもやする気持ちを抑えるしかなかった。

——……もしかして、陛下はくろちゃんに嫉妬しているのかしら？

ロイスリーネは前にもまして不機嫌になったジークハルトの様子に気づき、つい頬を緩《ゆる》ませた。

——心配しなくても私の一番はうーちゃんなのに。

そう言ってあげたいがロイスリーネはうさぎの正体を知らないことになっているので、

ここは我慢だ。ニマニマしそうになる表情をこらえてロイスリーネはジークハルトの言葉を待つ。

「……ぐっ（ギリッ）……、確かに、何か間違《まちが》いがあってからでは困るから、認知させることも必要か……くぅ、仕方ない」

「ありがとうございます、陛下！」

ロイスリーネはジークハルトから許可をもらえたことに喜んだ。

——ちょっとくらい妬《や》かせてもいいわよね？　だってうーちゃんだってことを黙っていたんだもの。お返しです！

「それじゃ、夜の公務の支度《したく》をしなければならないので私は戻りますね、陛下」

「あ、ああ」

ロイスリーネは黒うさぎを抱《かか》えたまま執務室を出た。扉《とびら》を閉める際、エイベルがジークハルトの肩《かた》を慰《なぐさ》めるように叩《たた》いているのが見えたが、ロイスリーネは上機嫌《じょうきげん》で部屋を後にするのだった。

護衛の騎士《きし》や侍女《じじょ》たちに囲まれて移動するロイスリーネの足取りは軽い。その腕にはしっかりと黒うさぎが抱えられている。

「ご機嫌《きげん》ですね、リーネ様」

エマが苦笑《くしょう》まじりに声をかけてきた。

「そうね。くろちゃんを連れ歩く許可を陛下からいただけたから」

「確かに黒うさぎさんを見せびらかせるのが嬉《うれ》しいのは分かります。でもそれだけではないでしょう？」

さすがエマは長い間仕えているだけあって、ロイスリーネの真の目的が黒うさぎを見せびらかすだけだということも、上機嫌の理由がそれだけではないことも見抜《みぬ》いているようだった。

「エマに隠《かく》し事《ごと》はできないわね。……ここだけの話よ？　皆も陛下には内緒《ないしょ》ね。実はね、私が一番喜んでいるのは今回の縁談のことを陛下がちゃんと私に伝えてくださったからなの」

そう、ロイスリーネはそれが何よりも嬉しいのだ。

「これが半年前だったら、陛下はきっと私に伝えることなく内密に処理していたと思うのよね。私に余計な心配をかけさせないために」

「そうですね」

外見は冷たそうに見えるジークハルトだが、その中身は驚くほど過保護だ。

ルベイラに嫁《とつ》いだロイスリーネはすぐに離宮《りきゅう》に軟禁《なんきん》されることになったが、それもすべて彼女の身の安全を守るためだった。それなのにその事実をロイスリーネ自身にはひた隠しにして、冷酷《れいこく》な夫と誤解されるままにしていた。

ていたのだ。

命を狙われたロイスリーネが恐怖《きょうふ》に怯《おび》える生活を送らなくてすむように、あえて黙《だま》っていたのだ。

――でも、私は知らせてほしかったし、守られる一方なのは嫌《いや》だった。

「守られるのが嫌なんじゃないのよ。ただ守られているだけというのが何か違うのよね。夫婦なんですもの。背中に隠されて守られるだけじゃなくて、負担も分かち合いたいのよ。支え合いたいと思っているの」

ロウワンにいる両親のように、どちらか一方が守るのではなく、互《たが》いの足りないところを補うような関係になりたい。ロイスリーネは彼と並んで立ちたいのだ。

「だから今回のことも隠さず話してもらえてすごく嬉しいの。こう、陛下に王妃として認めてもらっているのだと感じられて」

ふふふと照れたように笑うと、エマも笑顔《えがお》になった。

「リーネ様のその気持ち、直接陛下にお伝えすればいいのに。きっとお喜びになりますよ？」

そうだそうだと、周囲の侍女や護衛の騎士たちもうんうんと頷いている。が、ロイスリーネは頬を染めると口の中でもごもごと言った。

「そうかもしれないけど、その、今さらだし、面と向かって言うのは恥《は》ずかしくて……」

「いえいえ、ぜひ言って差し上げてくださいませ！」

突然言い出したのは黙って横を歩いていた女官長《にょかんちょう》だった。

「陛下も先々代の国王陛下たちのように支え合える関係になりたいと思っているはずです。今さらなどと言わず、王妃様のお気持ちを言葉にして伝えてあげてください！」

ジークハルトの誕生からその成長を見守ってきた女官長は彼を孫のように思っている。そのため、なかなか深い関係になれないロイスリーネたちをどうにかしなければと使命感のようなものを抱いているらしい。それは女官長だけでなく侍女長も同様だ。

「そ、そう？　じゃ、じゃあ、機会があれば……陛下に気持ちを伝えることにするわね」

女官長の押しにロイスリーネはたじたじとなりながら頷いた。


「でね、うーちゃん。商人さんたちの知り合いのアルファトという人は『金色の羊の毛皮』を王族に献上《けんじょう》した褒美《ほうび》に魔石の売買に関われることになったんですって。……でも、あら？　鉱山の所有権を王女の持参金代わりにするつもりだったら、商人との取引はどうするつもりなのかしらね？」

その日の夜、ロイスリーネは寝室《しんしつ》にやってきたうさぎを胸に抱いて一日の出来事を語っていた。これは離宮にいた時からの習慣で、本宮に戻った今も続いている。

「もしや『金色の羊の毛皮』を気に入った王女様というのはエリューチカ王女だったりしてね」

——スフェンベルグの話題を『緑葉亭』で聞いたその日に、再び縁談話で同じ国の名前を聞くことになるとは思いもよらなかったわ。

話の中心がスフェンベルグのことになってしまうのも無理からぬことだった。

「キュ……」

「うーちゃん、可愛《かわい》い‼」

時々思い出したようにうさぎがロイスリーネの顎《あご》にすりすりと頬を擦《す》り寄せてくるので、そのたびに中断してなかなか話が終わらないのもまたいつものことだった。

「あああ、うーちゃん、可愛い！　世界一愛している！」

抱きしめて額にキスをすると、うさぎは嬉しそうにピコピコと耳を動かした。ロイスリーネの胸がキュンキュンと高鳴る。

ときめいているロイスリーネは、ロイスリーネの胸に頭をこすりつけたままうさぎがどこか得意げな視線を向けていることに気づいていない。その視線の先が、ベッドの片隅《かたすみ》に置かれたクッションの上に寝《ね》そべる黒うさぎであることも。

一方、ロイスリーネにべったり寄り添《よそ》ってドヤ顔をしているうさぎ陛下ことジークハルトとは反対に、黒うさぎは二人をまったく気にするそぶりもなくくつろいでいた。

そもそも黒うさぎはジークハルトのようにロイスリーネにぴったり寄り添うことはしない。

その距離感《きょりかん》をロイスリーネは受け入れていた。構いたい気持ちはあるものの、それらの欲求は「うーちゃん」が全力で満たしてくれるので、特に寂《さび》しいとも思わなかった。

——くろちゃんは見ているだけ、いるだけで満足なのよね～。不思議だわ。でもうーちゃんには触《ふ》れずにいられない。

「あのね、うーちゃん。あと今日は嬉しいことがあったのよ」

ロイスリーネはうさぎを持ち上げて目線を合わせた。ロイスリーネの若草色の目とうさぎの黒いつぶらな瞳《ひとみ》が交差する。ロイスリーネは背筋を少しだけ伸ばした。

「スフェンベルグの王女との縁談は、まぁ、びっくりしたけど気にしていないわ。だって陛下が王妃は私だけだって言ってくださったのだもの」

ジークハルト本人に向かって言うのは恥ずかしい言葉も、なぜかうさぎ陛下にならら素直に言える。

——なんでかな……。どっちも陛下なのに。

「すっごく、嬉しかった。その陛下の言葉に応えたいって思ったわ。だけど、もっと嬉しかったのは、陛下が縁談のことを隠さずに伝えてくれたことなの」

女官長はきっとジークハルト本人に面と向かって伝えてほしいと思っているだろう。けれど、それはまだ少し恥ずかしい。

——同じ陛下ですもの。せめて今のこの気持ちだけでもしっかり伝えよう。

「守られるだけじゃなく、私は伴侶《はんりょ》として陛下の隣《となり》に立ちたいと思っているの。喜びも苦《く》悩《のう》も困難も、一緒《いっしょ》に分かち合いたいと思っているの。お父様とお母様のように。それが私の中の理想の『国王と王妃』だから。たとえ不快な縁談のことであっても、陛下が私にちゃんと伝えてくださったのは、とても意味があることだったのよ、うーちゃん」

「キュ……」

「うーちゃん」、いや、ジークハルトの黒い瞳が感情を映してなのか大きく揺《ゆ》れていた。そこに宿るのは歓喜《かんき》だ。ロイスリーネの気持ちを知り、ジークハルトもまた嬉しいと感じたのだろう。

——ふふふ、陛下ったら。陛下の時よりうーちゃんの時の方が感情豊かなのね。

でもそれがジークハルトだ。強い王であるために感情を表すことをやめてしまった、責任感が強くて真面目で、そして誰よりも優しい夫だ。

「うーちゃん、私、もっともっと陛下に頼《たよ》ってもらえるように頑張《がんば》るわ。だからうーちゃんも私を支えてね。……大好きよ、うーちゃん」

ロイスリーネはうさぎの額にキスを落とすと、その小さな身体《からだ》を胸にぎゅっと抱きしめた。うさぎも応えるようにロイスリーネの顎をぺろぺろと舐《な》める。まるで「俺もだ」と言っているかのように。

――いつか陛下の姿の時にもこの気持ち、伝えられたらいいわね……。

柔《やわ》らかな毛の感触《かんしょく》を顎と頬に感じながら、ロイスリーネはそんなことを考えていた。

頬を寄せ合う一人と一匹《ぴき》を、黒いうさぎがじっと眺《なが》めていたことを、二人は知らない――。


ロイスリーネとうさぎが寝室でイチャイチャしているのと同じ頃《ころ》、『緑葉亭』ではリグイラとキーツが難しい顔をしてこんな会話を交《か》わしていた。

「部隊長よ。スフェンベルグがルベイラに婚姻《こんいん》を申し込むつもりでいるなんて報告、なかったよな？」

キーツが確認するようにリグイラに尋ねる。

普段《ふだん》は無口で通っているキーツだったが、実のところ彼があまり言葉を発しないのは、言葉遣《ことばづか》いがかなり荒《あら》いからだ。接客には向かないため、普段は黙っているのである。

問われたリグイラは眉根を寄せながら頷いた。

「ないね。……というより、報告自体が、ない」

「あぁ？」

「一週間前に行われているはずの定期連絡《れんらく》がなかったんだ。こっちも祝賀パーティーと後始末に追われて、確認するどころじゃなかったから保留にしておいたんだが……」

『影《かげ》』である彼らにも、縁談の件は報告があった。問題はジークハルトから連絡がくるまでそんな話になっていることをリグイラたちですら知らなかったことだ。

ジークハルトは『影』たちを周辺国や主要国に密偵《みってい》として送り込んでいる。友好国であるスフェンベルグも例外ではなく、宮廷《きゅうてい》に数名ほど配置していた。有事の際は緊急《きんきゅう》に知らせてくるほか、定期的に連絡を寄越すことになっているのだが、それがなかったのだ。

「……たまたま忘れてしまったのか、それとも――」

「部隊長。俺らが教育した奴《やつ》らだぞ。定期連絡を忘れるなんてこと、ありえねえだろうが」

「だよねぇ」

リグイラはため息をつく。

「直接『心話』を使っても連絡がつかなかった。それも全員とだ。何かあったってことだろうね」

「だな。……まったく、クロイツ派のことが片づいたからって油断しちまったのかもな、俺らも」

キーツが顔をしかめながら言うと、リグイラもため息まじりに同意した。

「そうだね。忙《いそが》しいのは理由にならない。……まったく、陛下にもリーネにも面目《めんぼく》が立たないよ」

「で、どうするよ、部隊長」

しばし思案した後、リグイラは顔を上げて言った。

「マイクとゲールをスフェンベルグに派遣する。あの二人は場数を踏んでるし、何かあっても臨機応変に対応できるからね。経験の浅い奴は送り込まない方がいい。……何か嫌な予感がするんだよ。『影』としての勘《かん》がそう言ってる」

「ああ、俺も同意見だ。うなじのあたりがチリチリとしやがる。これはやっかいごとの予感がするぞ、部隊長」

リグイラとキーツは視線を合わせ頷き合うと、やるべきことをするためにそれぞれが動き始めたのだった。


次の日、スフェンベルグの外交官から謁見《えっけん》の申し出があり、ジークハルトたちはそれを受けることとなった。

『緑葉亭』の勤務がない日だったため、今回の謁見はロイスリーネも参加だ。ロイスリーネだけでなく、「どんな言い訳をするつもりなのか」と興味を持った大臣たちも参加してきたために、謁見の間に集まった人数は予想以上に多い。

そんな中、緊張《きんちょう》で青ざめた外交官は開口一番頭を下げて謝罪をした。

「このたびは我が国の王の愚行《ぐこう》でご迷惑《めいわく》をおかけして、まことに申し訳ありませんでした！」

王の愚行、と外交官ははっきり口にした。謁見の間にざわめきが走る。ここまではっきり言うとは誰も予想していなかったのだ。

「……どういうことなのか説明してくれ」

ジークハルトが玉座の上から重々しい声で促《うなが》す。

「は、はい。このたびのことは我が国の王が周囲の反対を押し切り、勝手に進めようとした話のようでして……」

外交官が言うには、国王は早くに母親を亡くしたエリューチカ王女をことのほか溺愛《できあい》しているのだそうだ。外国には嫁《よめ》に出さず国内の貴族に降嫁《こうか》させるとはっきり宣言していたほど。

――それがどうして遠い外国であるルベイラに嫁に出そうと思ったのかしら？

すべてはエリューチカ王女がジークハルトに恋《こい》をしてしまったことから始まる。

ルベイラで行われる祝賀パーティーに出席する予定の異母兄《あに》ライオネルから「ルベイラ国王は若くて大変見目麗《みめうるわ》しいお方だ」と聞いて興味を覚えたエリューチカ王女は、ジークハルトの肖像画《しょうぞうが》を取り寄せ、そこに描かれた銀髪《ぎんぱつ》で青灰色の瞳を持つ青年王に好意を抱くようになった。だがライオネルからジークハルトはすでに結婚《けっこん》していることを教えられ、エリューチカ王女は意気消沈《しょうちん》しながらも諦《あきら》めることにしたようだ。

ところが、恋心《こいごころ》は簡単に消せるものではなく、エリューチカ王女は日に日に食が細くなり、だんだん元気もなくなっていった。

「王女を溺愛している我が国の王は、娘《むすめ》を思うあまりなんとかその想《おも》いを叶《かな》えてあげたいと思ったようで……」

「それでジークハルト陛下の第二王妃に迎《むか》え入《い》れてもらおうと書状をしたためたわけですか。誰も止めなかったのですか？　そしてルベイラは一夫一妻制であることをそちらの国王陛下に伝える者はいなかったのですか？」

呆《あき》れたような口調でカーティスが問いただすと、外交官は頭を下げつつ慌てて言った。

「もちろん、ライオネル王太子も周囲もお止めしましたし、はっきり無理だと申しました。その時は我が国の王も納得《なっとく》されたと思っていたのですが……」

ところがスフェンベルグ王は諦めてはおらず、王太子にも周囲にも内緒でルベイラに書状を送ってしまったのだという。

「私どもは何も聞かされておらず、連絡を受けた王太子も大変驚いておりました」

「つまり、スフェンベルグ王の独断で行われたことで、国としての判断ではなかったと？」

ジークハルトは感情の読めない声音《こわね》で確認する。

「は、はい。ライオネル王太子はすぐさま謝罪の言葉と申し出を取り下げる旨の書状をしたためました。こちらでございます」

外交官は懐《ふところ》から一通の書状を取り出した。どうやら魔法《まほう》でスフェンベルグから転送されてきたものらしい。

「エイベル」

「はい」

従者のエイベルが外交官に近づき、書状を受け取った。エイベルはその書状を今度はカーティスの横にいる王宮魔法使《まほうつか》いのライナスに渡《わた》した。これは書状に何らかの魔法や呪《のろ》いがかかっていないか確認するためだ。

特に問題はなかったのだろう。再びライナスから書状を受け取ったエイベルは、玉座に座るジークハルトの前まで来ると恭《うやうや》しい手つきで差し出した。

書状を手に取ったジークハルトは中身を検《あらた》め、ざっと目を通すと頷いた。おそらく外交官が語ったのとほぼ同じことが書かれていたのだろう。

「事の次第は了解《りょうかい》した。だが、一国の王たるものが軽率《けいそつ》にも他国を侮辱《ぶじょく》するような行動をとったことは問題だ」

「は、はい。ジークハルト国王陛下、ならびにロイスリーネ王妃陛下にはご迷惑をおかけし、まことに申し訳ありませんでした。我が国の王太子も大臣たちも、此度《こたび》の件を重く受け止めております。ひとまず我が国の王は療養《りょうよう》のためしばらくの間公務を休むことになりました。その間の代行はライオネル王太子が務めることになっております」

「謝罪のため、使者を送ると書状にあるが……」

「はい。ライオネル王太子より、正式な謝罪の使者を立てると聞き及《きおよ》んでおります。ルベイラほどの大国からすればわずかばかりになりますが、お詫《わ》びの品も送らせていただきます。どうか、どうか、これで何とぞ……！」

土下座せんばかりに外交官が跪《ひざまず》いて頭を下げる。

少しばかりざわめいていた謁見の間に沈黙《ちんもく》が落ちた。ジークハルトの判断を待っているのだ。

ジークハルトはほんの少しため息をつくと重い口を開いた。

「謝罪の使者などいらない、と言いたいところだが……スフェンベルグも体面というものがあるだろう。分かった。謝罪と使者は受け入れよう。だが一つだけ言っておく。私の妃はロイスリーネただ一人だ。二度とふざけた縁談を寄越すのはやめてもらおう。次はないぞ。それを肝《きも》に銘《めい》じておいてもらいたい」

「は、はい……！　寛大なお言葉、ありがとうございます、ジークハルト国王陛下！」

真実かどうかは分からないが、どうやら王の勝手な暴走ということで片《かた》がついたようだ。国としての公式な申し出ではなく、王の愚行が引き起こしたものとすることで、スフェンベルグを守ったとも言える。

――多少なりとも影響《えいきょう》はあるだろうけど、謝罪の使者を立ててルベイラが受け入れた（許した）という形にすれば、最小限の被害《ひがい》ですむはず。

ルベイラはルベイラで寛大《かんだい》にすませたことを周囲に示せるので、悪い話ではない。

「まぁ、こんなところですね」

カーティスがやれやれと言いたげに締《し》めくくった。

「これでスフェンベルグの失態として広まれば、縁談を申し出てくる国もなくなるでしょう。いい見せしめになったと思えばいいわけです」

どうやらロイスリーネという王妃がいるにもかかわらず自国の王女を売り込もうとする輩《やから》は、スフェンベルグに限った話ではないようだ。

後日、詳《くわ》しく聞いてみれば、ジークハルトの手元まで届くような話は来ていないものの、妾《めかけ》に推《お》そうとしたり、ロイスリーネを廃《はい》して別の女性を宛《あ》てがおうと画策したりしている国はいくつかあるとのことだった。

もっとも、そんな話はカーティスや『影』たちの手によって消され、表に出てくることはなかったようだが。

――そんな申し出がくるのも、私がいつまでも「お飾り王妃」だからよね……。陛下の隣に立つに相応《ふさわ》しい王妃と認められれば、そんな話はなくなるわ。

頑張ろう、と内心で拳《こぶし》を握《にぎ》っていると目の前に手が差し出された。

「ロイスリーネ」

ジークハルトだ。謁見が終わり、退席する時間になったようだ。

「はい。参りましょう、陛下」

ロイスリーネは「王妃の微笑《びしょう》」を浮かべてジークハルトの手を取ると立ち上がった。

……この時、ロイスリーネもジークハルトもカーティスも、そして大臣たちも誰もがこの問題は終わったものと考えていた。

半月後、ルベイラにやってきた「謝罪の使者」が、エリューチカ王女その人だと知らされるまでは――――。

# 第三章 スフェンベルグの王女

ルベイラ王宮の謁見《えっけん》の間《ま》では、玉座に腰《こし》をかけるジークハルト《国王》とロイスリーネ《王妃》、それにひしめく見物客の前で一人の女性が見事な淑女の礼《カーテシー》を取っていた。

「お初にお目にかかります、ジークハルト陛下《へいか》、並びにロイスリーネ王妃《おうひ》陛下。スフェンベルグ第二王女エリューチカと申します。このたびは我が父であるスフェンベルグ王がご迷惑《めいわく》をおかけしたこと、心よりお詫《わ》び申し上げます」

ロイスリーネはエリューチカ王女と彼女に倣《なら》って頭を下げている付《つ》き添《そ》いの侍女《じじょ》と護衛《ごえい》騎士《きし》らしい青年を見下ろしながら内心でため息を漏《も》らした。

——まさか本当にエリューチカ王女が来るなんてね。

「使者は王族のうちの誰《だれ》かになるだろう」とスフェンベルグ側から知らせが来ていたので、てっきり王太子《おうたいし》か、もしくは他の王子が来るものとばかり思っていた。それが蓋《ふた》を開けてみれば問題の王女本人だったので、完全に予想外だ。

ロイスリーネたちが「謝罪の使者」として送られてきたのがエリューチカ王女だと知っ

たのは、使者たち一行がルベイラ国内に入ったと報告があった後のことだった。

先に王女が来ると分かっていたなら抗議《こうぎ》して変更《へんこう》させることもできたのだが、すでにルベイラ国内に入ってしまった後となっては追い返すわけにもいかず、ルベイラ王宮としては受け入れるしかなかった。

──スフェンベルグは一体何を考えているのかしら？　他に派遣《はけん》すべき人はいたでしょうに。

エリューチカ王女を第二王妃にしたいという縁談《えんだん》を持ち込んでルベイラの不興を買ったのに、当の本人をよこすとはどういう了見《りょうけん》だろうか。

呆《あき》れ果《は》てていたが、ロイスリーネはそれを表に出すことなく「王妃の微笑《びしょう》」を浮《う》かべながら、隣《となり》に座っているジークハルトの出方を見守る。

「…………」

ジークハルトは無言だ。普通《ふつう》はここで来訪を歓迎《かんげい》する言葉を発するのだが、一向に口を開こうとしない。相変わらずの無表情なので彼がどう思っているのか見て取ることはできないが、ジークハルトが腹を立てているのは分かっている。

謁見の間に集まった面々もこのたびのスフェンベルグの行いに怒《いか》りを覚えている者が多かったため、エリューチカ王女一行に付き添っている外交官に向けられる視線は厳しいものがあった。

だが、そのことに気づいているだろうに、頭を下げたエリューチカ王女は構わず言葉を続ける。

「本来であれば王自らこちらに出向いて謝罪すべきなのですが、あいにくと体調が思わしくなく療養《りょうよう》中につき、私が名代として両陛下に慈悲《じひ》を請《こ》うべく参上いたしました。重ねまして、此度《こたび》のことは本当に申し訳ありませんでした」

「…………顔を上げてくれ、エリューチカ殿下。謝罪は受け取ろう」

ややあってジークハルトは重い口を開いた。

「ありがとうございます、ジークハルト陛下」

エリューチカ王女は顔を上げる。

玉座の前に来るなり頭を下げてしまったので、ロイスリーネがエリューチカ王女の顔をしっかりと見るのはこれが初めてだった。

――ムムム。報告があった通り、美人ね。

王女は金髪《きんぱつ》に青い目の、輝《かがや》くような美貌《びぼう》を持つ女性だった。かといって近寄りがたいわけではなく、立っているだけでその場を華《はな》やかにする、人を惹《ひ》きつけてやまないたぐいの美しさだ。

――変わったドレスを着ているけれど、それがよく似合ってらっしゃるわ。

ルベイラやその周辺国では、貴族女性の正式な場の装《よそお》いと言えばコルセットでウェストを絞《しぼ》り、パニエなどでスカートを膨《ふく》らませた型《ドレス》なのだが、スフェンベルグでは違《ちが》うようだ。王女はハイウェスト——いわゆる胸のすぐ下に切《き》り替《か》えがあり、そこから床《ゆか》まですとんと落ちたデザインのドレスを身にまとっていた。

白を基調としたドレスで、膨らんだ袖《そで》とスカートの裾《すそ》にはピンク色の繊細《せんさい》な刺繍《ししゅう》が施《ほどこ》されている。ドレスの装飾《そうしょく》はそれくらいで、レースやビーズを使って飾《かざ》るルベイラのドレスに比べたら決して華美《かび》とは言えないだろう。だが、かえってそのシンプルさがよりエリューチカ王女の美貌を引き立てているように見えた。

結《ゆ》い上《あ》げた金髪には瞳《ひとみ》の色に合わせたのか、小さな青いダイヤをちりばめた細い冠《かんむり》が載《の》せられており、謁見の間の天井《てんじょう》につるされたシャンデリアの光を反射してキラキラと光っている。

——これだけの美人なのだから、スフェンベルグの国王陛下が溺愛《できあい》するのも無理はないわ。

普通、母親を亡くした王女は後《うし》ろ盾《だて》がないも同然なので冷遇《れいぐう》されがちなのだが、エリューチカ王女は第二王妃の実家が健在であることと、国王から可愛がられていることから、ゆるぎない立場を築いているとのことだった。

——容姿の点では……うん、完全に負けてるわね。

ロイスリーネも着飾《きかざ》ればそれなりに見られる容姿をしているが、残念ながらエリューチカ王女のような華やかな美貌は持ち合わせていない。

もっとも、今日は侍女たちが全精力を注いで着飾ってくれたので、ロイスリーネも見劣《みおと》りはしていないだろう。

『これはスフェンベルグからの挑戦《ちょうせん》です。王妃様！　受けて立ちましょう！』

『そうですとも。絶対に負けられませんからね、王妃様！』

使者として来たのがエリューチカ王女だと知ったロイスリーネ付きの侍女たちは怒《いか》り、そして奮起《ふんき》した。

『卑怯《ひきょう》なスフェンベルグ王家のやり口に負けるわけにはいきません！』

侍女たちも、もちろんロイスリーネにも分かっている。エリューチカ王女がただ謝罪のためだけに来たのではないことを。真のスフェンベルグの狙《ねら》いを。

――やっぱりだわ。第二王妃というのはただの言葉の綾《あや》で、スフェンベルグは私を蹴落《けお》としてエリューチカ王女をルベイラの王妃にしたがっているのね。

そして彼らにはそれほどの自信があるのだろう。エリューチカ王女をジークハルトと会わせることさえできれば、彼の心を摑《つか》めると。

顔を上げたエリューチカ王女はロイスリーネの方を見ることなく、一心にジークハルトを見つめている。その表情は正しく恋《こい》する乙女《おとめ》のようだ。

ほんの少し上気した頰《ほお》は薔薇《ばら》のように色づき、青い瞳には熱っぽい光が浮かんでいる。

これでジークハルトを何とも思っていない、謝罪だけだと言うのなら、とんだ大ぼら吹きだ。

「このたびのことは本当に申し訳ありませんでした、陛下。ただ父王に悪意はなかったのです。私を不憫《ふびん》に思うが故《ゆえ》の暴走でした。スフェンベルグには陛下と王妃陛下の間を裂《さ》こうとする意図はありません。それだけは信じてくださいませ」

熱心に訴《うった》えるエリューチカ王女の言葉をロイスリーネは微笑みながら聞いていたが、どんどん気分が下降していくのが自分でも分かった。

——……なんかムカムカしてきたわ。何が『陛下と王妃陛下の間を裂こうとする意図はありません』よ！　私を押しのける気満々じゃないの！　もしかしたら本人にその意図がなかったとしても、王女を派遣してきたスフェンベルグの上層部は絶対にそのつもりよ！

イライラムカムカしてきたが、王妃としてそれを表に出すわけにはいかない。

——……陛下はどう思ってらっしゃるのかしら？

少しだけ心配になって、ロイスリーネはジークハルトをちらりと窺《うかが》う。

「…………」

ジークハルトは相変わらず無言だ。自分に熱っぽい目を向けるエリューチカ王女をただ淡々《たんたん》と見返しているだけ。やがて口を開いたが、その声は氷柱《つらら》のように冷たく、鋭《するど》かった。

「ルベイラとして謝罪は受け取るがそれだけだ。私個人としてはその謝罪の言葉を疑っているとだけ伝えておこう」

謁見の間がシーンと静まり返った。ぎょっとなった外交官が口をパクパクさせ、何か言いたそうにしていたが、ジークハルトは視線で彼を黙《だま》らせる。

「エリューチカ王女。長旅で疲《つか》れただろう。部屋は用意させてあるから、ゆっくりと休まれよ。謁見は以上だ」

「……ご厚意《こうい》感謝いたします、陛下」

断固としたジークハルトの声音《こわね》に、エリューチカ王女もこれ以上何か言ってもさらに不興を買うだけだと悟《さと》ったらしい。頭を下げると、侍女や護衛騎士に合図をして退出を促《うなが》す。

「さあ、戻《もど》りましょう」

エリューチカ王女は玉座に背を向けて歩き始めた。が、何を思ったのか数歩進んだところで振《ふ》り返《かえ》る。

ジークハルトの方を見るのかと思いきや、エリューチカ王女が視線を向けたのはロイスリーネだった。

——……え？　なに？　恋敵《こいがたき》である私に宣戦布告するつもりとか？

そんなことを考えてしまったロイスリーネだが、臆《おく》することなくエリューチカ王女の青い目を見つめ返す。宣戦布告なら受けて立つつもりだ。

——私の可愛いうーちゃん、……もとい、陛下を渡《わた》すもんですか！

だが予想に反してエリューチカ王女の視線は険しくもなければ挑戦的でもなかった。何も浮かんでいない、完全なる無。

――え？

怪訝《けげん》に思った直後、光の関係なのか一瞬《いっしゅん》だけエリューチカ王女の青い目が金色に輝いたように見えた。

――金色？　え、錯覚《さっかく》？

よく確かめようと思った矢先、エリューチカ王女はふいっと視線を戻してしまう。そしてそれ以降、ロイスリーネはおろかジークハルトすら振り返ることなくエリューチカ王女はお付きの者たちを連れて謁見の間から出て行った。

――気のせいかしら？

首を傾《かし》げつつも、重要なことではなかったのですぐにロイスリーネは頭を切り替えてジークハルトを見つめた。

――陛下があそこまではっきりと不信感《ふしんかん》を露《あら》わにするとは思わなかったわ。てっきり表面上は謝罪を受け入れつつ、追い出す方向に持っていくのだとばかり……。

エリューチカ王女が退出したとたん、謁見の間にはざわめきが広がった。王女を見た感想やスフェンベルグへの印象、それにジークハルトの返答について感想を言い合っている。

「一体スフェンベルグはどういうつもりなのか。我が国に対してあまりに失礼ではない

か！」

「確かに。侮《あなど》られているとしか思えん」

「友好関係を見直すべきかもしれないな」

「だが、噂通り王女は美人だった。スフェンベルグの国王が溺愛するのも無理はないな」

「貴重な魔石《ませき》の鉱山を持参金代わりにするくらいだしな」

「珍《めずら》しいドレスでしたわね」

「エンパイアスタイルと言うらしいわ」

貴族たちの反応はそれぞれだ。スフェンベルグのやり方に腹を立てている者、エリューチカ王女の美貌に感心する者。魔石の鉱山に関心を持つ者、王女の着ていたドレスに興味を示す者など実にさまざまな感想が謁見の間のあちこちから聞こえてきていた。

「お疲れ様でした。陛下、王妃様」

カーティスが声をかけてくる。ジークハルトは「ふぅ」と小さく息を吐《は》いた。

「少し感情的になってしまった……言ったことを後悔《こうかい》しているわけではないが」

「あの返答で正解ですよ、陛下。なるべく穏便《おんびん》にすませるために、国として謝罪を受け入れることにしましたが、同時に今回のことを無条件で許すわけではないことをしっかりと伝える必要がありましたから。陛下個人としては謝罪を受け入れないことで、こちらの気持ちはあちらにも十分伝わったことでしょう」

「その通りです、陛下」

ルベイラの筆頭公爵家《ひっとうこうしゃくけ》として玉座にきわめて近い位置にいるタリス公爵が口を挟《はさ》んだ。

「エリューチカ王女が陛下に恋心《こいごころ》を抱《いだ》いているのであれば、先ほどのお言葉はいい牽制《けんせい》になったと思います。陛下のお気持ちが自分に向けられることはないと諦《あきら》めてさっさと帰ってくれれば御《おん》の字《じ》でしょう」

「そうだといいんだが……何か嫌《いや》な予感がするな」

ジークハルトがそう言うのも無理はない。エリューチカ王女はジークハルトの冷たい言葉に対しても、顔色一つ変えなかった。諦めたとはとうてい思えない。

同じことを考えたのかカーティスもいつもの柔和《にゅうわ》な笑《え》みを引っ込めて頷《うなず》いた。

「私も何やら嫌な予感がします。ひとまず今回の王女の派遣の件を含《ふく》めてスフェンベルグには抗議の意を伝えて、一刻も早く王女を下がらせるように働きかけましょう」

「そうしてくれ。……まったく、ライオネル王太子はそれほど愚《おろ》か者《もの》だとは思えなかったのだが……」

以前とまったく同じことをジークハルトが呟《つぶや》く。

──そうなのよね。ライオネル王太子は愚策《ぐさく》を弄《ろう》するような人には見えなかったわ。国のことを思い、政《まつりごと》にも真摯《しんし》に向き合っていた。

この人が国を率いていくならスフェンベルグは安泰《あんたい》だなって思ったのよね……。

ライオネル王太子の印象が悪くなかっただけにロイスリーネは落胆《らくたん》していた。

──人を見る目はあったつもりだけど、ライオネル王太子については間違《まちが》っていたのかしら。だとしたら私の勘《かん》も大したことはないわね。

ジークハルトとともに謁見の間を後にしたロイスリーネは、廊下《ろうか》を並んで歩きながら自嘲《じちょう》した。

──当たるからって勘に頼《たよ》っているのも、王妃として問題だわ。これからはもっと人を見る目を養わないと。

「大丈夫《だいじょうぶ》か、ロイスリーネ。疲れたのなら、部屋に戻って休んではどうだ？」

口数の少ないロイスリーネを心配してか、ジークハルトが気遣《きづか》わしげに声をかけてきた。

ロイスリーネは微笑《ほほえ》んで首を横に振る。

「いえ、大丈夫です。執務室《しつむしつ》にリグイラさんが来てるのでしょう？　スフェンベルグに派遣したマイクさんとゲールさんから連絡《れんらく》が入ったと聞いています。私もどうなっているか知りたいんです」

謁見の間に向かう直前、リグイラから「至急、報告しなければならないことがある」とジークハルトに連絡が入ったのだ。そこでリグイラに王宮まで来てもらい、エリューチカ王女との謁見が終わり次第《しだい》話を聞くことになっていた。

──リグイラさんが『心話《しんわ》』ではなく直接知らせたいと思うような報告って一体何なの

かしら。

リグイラからの知らせが入ったことでスフェンベルグに「何か」があることはほぼ決定したようなものだ。そのため、エリューチカ王女との謁見も心して行うことができた。

——美人だったけれど、何かこう、一筋縄じゃいかないような印象だったわね。陛下に熱い視線を注いでいたのは予想通りというか想定内だけど……。

だからといって、自分の夫をあんなに熱っぽく見つめられてロイスリーネの気分がよかろうはずもない。

——モヤモヤするわね。……いえ、これはムカムカだわ。隣に妻である私がいると分かっているくせに、あんな目で陛下を見ちゃって。美人だからって！　……そりゃあ、確かに華があって、気品もあって、すごく王女らしかったけど……！　陛下と並ぶと美男美女で私なんかよりお似合いだったかもしれないけれど……！

劣等感《れっとうかん》をチクチク刺激《しげき》されたロイスリーネは、だからだろう、いつもなら絶対に言わないであろう質問をつい口にしてしまった。

「……エリューチカ王女、すごく美人でしたね。へ、陛下はどう思われました？」

言ったとたん「しまった」と思ったが、後の祭りだ。

——私ったら何を言ってるのかしら！　陛下は顔のよしあしで人を評価するような方じゃないのは分かっているのに。

「い、いえ。別に他意はないんです。つい気になったと言いますか……、何と言うか……」

しどろもどろになったロイスリーネを不思議そうに見下ろしてジークハルトが言った。

「美人？　そうだったか？」

「え？」

「特に顔の造作など気に留めなかったな。王女は魔法《まほう》が使えるとは聞いていないが、万が一君に何かしでかすかもしれないと思って警戒《けいかい》していたせいもあるが……」

「そ、そうですか」

ロイスリーネは気負って訊いてしまった自分が恥《は》ずかしくなった。

――そうよね。陛下は美人とか美形を見慣れているものね。カーティスもエイベルも美形だし、幼馴染《おさななじみ》のリリーナ様だって美人だ。それに何より、陛下自身が誰よりも美しいんだもの！　鏡を覗《のぞ》けばそんじょそこらの美女も裸足《はだし》で逃《に》げ出《だ》す美貌がいつだって見られるわ！　エリューチカ王女なんて目じゃないわよね！

安堵《あんど》したと同時に女性より美しい夫を持ってしまったことにほんの少しだけ虚《むな》しさを覚え、余計な一言が口をついて出てしまう。

「で、でも、エリューチカ王女の持参金は魔石の鉱山の所有権なのだから、他国の王族なら飛びつくでしょうに……」

「確かに魔石の鉱山の所有権と聞けばかなり資産価値があるだろう。だけどルベイラのようにすでに自国で鉱山を所有しているところにとっては、それほどうまみのある話じゃない」

「え？　そうなのですか？」

目を丸くしていると、ロイスリーネたちより少し後ろを歩いていたカーティスが口を挟んだ。

「王妃様、魔石を採掘《さいくつ》するためにはそれなりの機材と、何より人材が必要なんです。スフェンベルグの鉱山は発見されたばかりでまったく開発がされていません。そこから魔石を採掘するためには膨大《ぼうだい》な費用と人的コストがかかるんです」

採掘には特殊《とくしゅ》技能を持つ人材が不可欠だ。何しろ魔石は柔《やわ》らかくて傷つきやすい上に、普通の人間にとってはそこら辺の石ころとなんら区別がつかない。それゆえ、技術と経験のある者たちでないと商品になるような魔石は採れないのだ。

「なるほど。つまり、スフェンベルグの魔石の鉱山の所有権を得たところで、今度はルベイラにいる技術者たちを派遣しなければならなくなるんですね」

「はい。現地で人材を育成するにも時間がかかりますからね。しかも採掘が始まったとしても既存《きそん》のルベイラの魔石販売《はんばい》ルートに乗せるためには、遠方から運んでこなければならない。これもかなり費用がかかります。一方、スフェンベルグで売ろうとするならば、新しく販売ルートを構築しなければならないわけです。これでスフェンベルグの鉱山から採掘される魔石が上質なものであれば、それでも莫大《ばくだい》な利益を生むことができますが……」

そう言ったところでカーティスは肩《かた》をすくめた。おそらくスフェンベルグの鉱山から採れる魔石《ませき》の質は普通かそれ以下なのだろう。

「手間と時間がかかる割には利益が少ないということね。それなら貴重な技術者にはルベイラの上質な魔石を採掘してもらっていた方が何倍もいいわけだわ」

納得《なっとく》できたロイスリーネはうんうんと頷いた。魔石の鉱山の価値にだけ気を取られて大事なことを失念していたらしい。

「その通りです。ルベイラにとってそれは、ロウワンとの関係を損《そこ》なってまで得るものではありません。魔石の鉱山よりロウワンとの関係の方が重要です」

「ありがとう、カーティス」

祖国を持ち上げられてロイスリーネは面《おも》はゆい思いをしながら微笑んだ。

ロウワンは魔法使《まほうつか》いや祝福《ギフト》持ちを多く輩出《はいしゅつ》している国として有名だ。領土も小さいし、これといった特産品もないが、国を挙げて魔法使いを育成して他国に送り出すことで諸外国と良好な関係を築いている。小国が生き残るための方策だ。

ギフト持ちもそうだが、魔法使いも重宝されるため、ロウワンは小国でありながらかなり特殊な立場にあると言っていい。

――まぁ、だからこそ持参金はスズメの涙《なみだ》ほどしか用意できなかった私でも、大国の王妃として認められているんでしょう。

ちなみに持参金が少ないのはジークハルトの方から持ち込まれた縁談だったため、むしろなくても構わないと言われていたからだ。もっとも、少ないとはいえ、ロウワンの国王夫妻《両親》は小国の王女としての面目《めんぼく》が保てる程度の額は出してくれたわけだが。

そのロウワンの第二王女だったロイスリーネを押しのけて他国の姫《ひめ》を王妃に据《す》えたりしたら、間違いなくルベイラとの関係は悪化するだろう。多くのロウワン出身の魔法使いを召《め》し抱《かか》えているルベイラとしては、それは困るわけだ。

ジークハルトが眉根《まゆね》を寄せた。

「不思議なのは、スフェンベルグだってロウワンとの関係が悪化するのは困るだろうに、なぜこれほどエリューチカ王女を押しつけようとするのかだな」

スフェンベルグもまたロウワン出身の魔法使いを多く採用していると聞いている。それなのになぜロウワンとの関係を損なうようなことをするのか、ジークハルトたちは不思議で仕方なかった。

魔石を得てもそれを扱《あつか》える魔法使いがいなければ何にもならないではないか、と。

「普通ならそんな愚策《ぐさく》をするはずがないが……最近のスフェンベルグはやはり妙《みょう》だな」

「マイクさんとゲールさんが何か掴んでいるといいんですけどね」

そんなことを話しながら歩いていると、あっという間にジークハルトの執務室に到着《とうちゃく》した。

護衛の騎士や侍女たちは下がらせ、ジークハルト、ロイスリーネ、カーティス、エイベル、それにライナスとエマを加えたメンバーだけで執務室に入ると、そこにはすでにリグイラの姿があった。

「『緑葉亭《りょくようてい》』の準備の時間なのにわざわざ来てもらってすまない」

「これくらいお安い御用《ごよう》さ。さて、さっそくだがマイクたちから入った良《い》い方の報告から始めようじゃないか。スフェンベルグの王宮に送り込んでいたものの、少し前から連絡が途絶《とだ》えていた『影』たちだが……彼らの命に別状はなかった。無事で元気にやっていたそうだ」

「そうか、よかった」

ジークハルトは安堵の息をつく。『影』たちと一緒《いっしょ》に訓練を行っていたジークハルトは、スフェンベルグに派遣されていたメンバーたちのこともよく知っているらしく、連絡が途絶えたことを心配していたのだ。

だが、良い報告と言いながらリグイラの表情は冴《さ》えない。

理由はすぐに判明した。

「次は悪い方の報告だよ。陛下、彼らは……『影』としての記憶《きおく》を失っているそうだ」

「……は？」

「『影』としての記憶を失っている？　どういうことだ、リグイラ？」

リグイラは額に皺《しわ》を刻んだまま首を横に振った。

「言葉の意味そのままさ。スフェンベルグの王宮に派遣していた『影』は、『影』としての記憶を失い、自分は王宮に潜《もぐ》り込むために設定された役の人物本人だと思い込んで生活している。定期連絡がないはずさ。自分がルベイラから派遣されてきた『影』だなんてこれっぽっちも思っていないんだからね」

「……ちょっと待ってくれ、女将《おかみ》」

こめかみをぐりぐり指で押さえながらジークハルトが尋《たず》ねた。

「『影』が『影』としての記憶を失った？　そんなことありえるのか？　洗脳魔法や魅了《みりょう》術《じゅつ》にもかからないように訓練されている連中だぞ？」

「あたしだって信じたくないさ。でも現にそういう状態に陥《おちい》っているそうだ。奴《やつ》らはマイクやゲールを見ても誰か分からなかったらしい」

「……なんてことだ」

思いもよらない事態に驚いているのはジークハルトだけではなく、カーティスたちも同様だ。『影』は厳しい訓練を受けて任務についている。いくら強力な魔法であってもそう簡単にかかるはずがないのだ。

けれど、現に強力な暗示のようなものにかかっていてまったく使い物にならないらしい。

「仲間がそんな状態のため、マイクたちはうかつに王宮に侵入《しんにゅう》することもできない状況さ。ミイラ取りがミイラになったら困るからね」

「そうだな……」

「ひとまず二人にはスフェンベルグの王都に留《とど》まり、王宮から出てくる人間から情報が引き出せないか探らせている。どうも王族とその周辺で何か起こっているらしいんだが、まだ尻尾は摑めてないようだ」

「分かった。ありがとう女将。引き続き情報を集めてくれ。ただし、危険だと感じたらすぐにスフェンベルグから出るよう二人には伝えてほしい」

「了解《りょうかい》だ。それじゃあ、あたしは店に戻る。また何か新しい情報が入ったらすぐに知らせるから」

「頼《たの》んだぞ」

リグイラは頷くとその場からスッと消えた。

「…………」

――まさか、『影』の人たちがそんな状態になるなんて。

執務室に沈黙《ちんもく》が広がる。誰もが予想しなかった事態に唖然《あぜん》としていた。

同じ頃《ころ》、与《あた》えられた客室の居間でスフェンベルグ国第二王女のエリューチカは馴染《なじ》みのソファでくつろいでいた。

エリューチカの足元にはスフェンベルグから持ってきた敷物《しきもの》があり、その上に設置された二人掛《が》けのソファは彼女のもっともお気に入りの家具の一つだ。

「やっぱり慣れたソファが一番ね」

「はい」

「わざわざ運ばせた甲斐《かい》がありましたね、姫様」

スフェンベルグから連れてきたお付きの侍女たちがエリューチカの言葉ににっこりと笑う。

「それにしてもジークハルト陛下の麗《うるわ》しいこと。姫様が惹かれるのも無理はありませんわ」

一人がうっとりしながらそう言えば、もう一人も負けじと声を張り上げる。

「ええ、本当に。姫様と並んだら美男美女でとてもお似合いだと思いました！」

「ふふふ、ありがとう、二人とも」

笑顔《えがお》で礼を述べると、たちまち侍女二人は陶酔《とうすい》したような表情になった。だが、彼女たちの目が濁《にご》っていて焦点《しょうてん》が合っていないことに気づく者はこの場にはいない。

「ジークハルト陛下はあんなことを言っていましたが、すぐに姫様の魅力《みりょく》に気づいて虜《とりこ》になりますとも。ええ、絶対そう思います」

「そうですとも。ロイスリーネ王妃なんて敵ではありませんわ。ジークハルト陛下に相応《ふさわ》しいのは私たちの姫様です！」

「まぁ、ふふふ。そんなこと口にしてはだめよ。誰が聞いているか分かりませんからね」

エリューチカは鈴《すず》を転がすような声で笑いながら侍女たちをたしなめる。

事実、その通りで『影』の一人がエリューチカを監視《かんし》していて、彼女たちの言い様に顔をしかめていた。

――何か気に入らないな、ここの連中。

『影』としての勘だろうか。妙に不快感を覚えてならなかった。

我慢《がまん》しながら見守っていると、扉《とびら》がノックされる。

「エリューチカ様、侍女長《じじょちょう》が挨拶《あいさつ》したいそうです」

部屋の外で控《ひか》えていた護衛騎士が声をかけてきた。彼はルベイラで用意した騎士ではなく、スフェンベルグから連れてきたエリューチカ専属の護衛騎士だった。

――王女がスフェンベルグから連れてきた側付《そばつ》きの者たちは侍女二人に数名の護衛騎士

だけ。今のところ怪《あや》しい動きはないが……。

油断してはだめだと本能が告げていた。

「ありがとう、リック。通していいわ」

エリューチカが声をかけると、扉が開いてルベイラの王宮で侍女を束ねている侍女長と二人の侍女がしずしずと入ってきた。

侍女長が頭を下げ、腰を落とすと、後ろの侍女たちもそれに倣《なら》った。

「初めまして、王女殿下《でんか》。私は侍女長のマーゴット・レイフと申します。後ろに控えるのはルベイラに滞在《たいざい》中、王女殿下の世話をさせていただくことになりました専用の侍女でございます。殿下が不自由なく過ごせるように誠心誠意お仕えさせていただきますので、遠《えん》慮《りょ》なくお申し付けくださいませ」

「まぁ、ありがとう。ご厚意感謝しますとジークハルト陛下にお伝えください」

「御意《ぎょい》にございます」

実際に采配《さいはい》したのは侍女を統括する立場の侍女長、さらにはその上司であるロイスリーネだ。それを知ってか知らずか、エリューチカの口からロイスリーネの名前が出ることはなかった。

そのことにほんの少し苛立《いらだ》ったが、侍女長はおくびにも出さず淡々と自分の役割をこなす。

侍女長はエリューチカ付きの侍女として選んだ二人の名前を紹介《しょうかい》すると、彼女たちを残して退出していった。

エリューチカは二人の侍女に自分の侍女を紹介すると艶《あで》やかに微笑んで言った。

「ふふふ、二人とも、これからよろしくお願いね？」

この時、光の関係かエリューチカの青い目が一瞬だけ金色に光ったのだが、今日から仕えることとなった侍女たちも、そして『影』も、そのことに気づくことはなかった。

「エリューチカがルベイラの王宮に到着したそうだな」

スフェンベルグの王太子ライオネルは、執務室を訪《おとず》れた国付き魔法使いのレオールに尋ねた。

「はい。そう聞《き》き及《およ》んでおります」

「そうか……おそらくジークハルト陛下は激怒《げきど》しておられるだろうな」

はぁと深いため息を漏らすと、ライオネルは片手で顔を覆《おお》った。

「私の手元には届いていないが、おそらく抗議の書状も来ているはずだ。例のごとく不幸な事故が起こってどこかで止まっているのだろうが」

レオールは辛《つら》そうに告げた。

「……ルベイラからの連絡どころか、殿下が書かれた何通もの書状も、おそらくは王宮か国内のどこかで留め置かれていると思われます」

「そうだな。私もそう思う。もはやどうして届かないか調べる気も起きない」

今まで何度もルベイラ宛《あ》てに事情を説明し、助けを求める書状を送った。けれどそのどれも届いていないのはもう分かりきっている。なぜ届かないのかと追跡《ついせき》してみても、そこに悪意はなく、どれも不幸な事故や行き違いという結果しか出てこなかった。

「エリューチカに付き添ってルベイラに行くリックにジークハルト陛下への手紙を託《たく》したが……これもちゃんと届くかどうか。……八方ふさがりとはこのことだ。しかも、敵の正体すら分かっていない」

「力及ばず、申し訳ありません……」

頭を下げるレオールの言葉は少し震《ふる》えていた。

「顔を上げてくれ、レオール。何もできないのは私も同じだ。いや、それどころか私はすでに取り返しのつかないことをしている。エリューチカのルベイラ行きを認めてしまった……」

「殿下……」

ライオネルたちが王宮を覆う異変に気づいたのは、ルベイラからスフェンベルグに帰国してからだった。

――いや、もしかしたら私たちがルベイラに行く前から、すべては始まっていたのかもしれない……。

帰国した直後は何も気づいていなかった。違和感《いわかん》はあったものの、そういうこともあるのかと片づけてしまった。

……もしこの時に違和感に蓋をせず何かできていれば、手遅《ておく》れにはならなかったかもしれない。今になってライオネルはそう思う。

だが、この時の彼は忙《いそが》しさもあって放置してしまい、父王が突然《とつぜん》エリューチカをジークハルトの第二王妃に据えたいと言い出してから異変に気づいたのだった。

最初は何の冗談《じょうだん》かと思った。複数の妃《きさき》を娶《めと》る習慣のないルベイラの王に、しかもすでに王妃のいるジークハルト王に、第二王妃としてエリューチカを送り込むなど、正気の沙汰《さた》ではない。

だから反対し、この時は大多数の大臣たちの反対もあって父王は縁談を諦めたのだ。

……諦めた、と思ったのだ。

けれど、それから間もなくルベイラから抗議の連絡が届いて、父王が勝手に書状を送っていたことが判明した。

――確かに父上は幼い頃に母親を亡くしたエリューチカをことさら可愛がっていたもの

の、国を傾《かたむ》かせるようなことはしなかった。娘《むすめ》か国かとなったら当たり前に国を取る、そんな父だったはずなのに。

問題は父王だけではなかった。最初は反対していた数人の重臣たちが、何を思ったのか突然父王に賛成してエリューチカをルベイラの王妃になどと言い始めたのだ。それを押し止《とど》めて、父王を療養と称《しょう》して離宮《りきゅう》に押し込むのにライオネルたちは相当苦労したものだ。

この時になってようやくライオネルは、父王たちは何者かに魔法をかけられてこのようなことをしでかしたのだろうと思い至った。だが、魔法使いのレオールに調べさせても何の痕跡《こんせき》も見つけられない。

それを見つけるどころか王宮にいた魔法使いたちも次々とおかしくなっていく。ルベイラの王妃にエリューチカ王女を据える。それが間違っているのに間違っていると考えない人間がどんどん増えていった。まるで性質《たち》の悪い病原菌《びょうげんきん》に感染《かんせん》しているかのように。

不可解なことに、彼らがおかしくなるのはエリューチカのことだけだった。あとは普段《ふだん》と変わらないのが、なお不気味に思えた。

そして、今度はライオネルたちがルベイラと連絡を取ることすら難しくなった。

何故か必ず妨害《ぼうがい》が入る。忘れられたり間違えられたり、違う場所に送られたりと、ありえない失敗ばかりだ。

ここまで来ると父王たちを操《あやつ》っている悪意ある「力」の意図が見えてくる。

おそらくその何者かは、ルベイラと連絡を取らせたくないのだ。

そしてライオネルだけでなく、レオールもまた妨害に遭《あ》っていた。レオールはロウワン出身で、ルベイラの魔法使いの長であるライナスとは旧知の仲だ。ライオネルに付き従ってルベイラに行った時も同郷のライナスと親しく言葉を交《か》わしていた。

魔法ならば邪魔《じゃま》されずに連絡を取れる、そう思ったレオールは『心話』でライナスに呼びかけた。だが、レオール曰《いわ》く「『心話』を隔《へだ》てる壁《かべ》のようなものが感じられて、それに邪魔されてライナスにだけ届かないんです。どうやっても」だそうだ。

レオールの魔法すら届かない。国外の誰かを経由する方法も試《ため》してみたが、エリューチカのことを伝えようとするたびに妨害に遭ってしまう。

――八方ふさがりとはこのことだろうな。そしてとうとう私自身もおかしくなってしまったようだ……。

ルベイラに送る謝罪の使者にエリューチカ王女をという声が上がった時、当然ライオネルは反対した。これ以上不興を買うわけにはいかないからだ。

なのに、気づいたらライオネルはエリューチカのルベイラ行きに許可を出していた。

突然、エリューチカをルベイラに行かせなければならないと思ったからだが、後になってなぜそんなことを考えてしまったのか、ライオネルには分からない。

　だが一つだけ分かったことがある。

　――スフェンベルグの異変を作りだしているその人物は、エリューチカをルベイラに送りたいのだ。そうなるように何らかの『強制力』で誘導《ゆうどう》している。

　だとすればどうあってもこの不可解な現象は終わらないだろう。……エリューチカをルベイラに派遣しないかぎりは。

「殿下、殿下の責任ではありません。異変の原因は十中八九エリューチカ殿下本人でしょう。ならばその何者かの意図に従ってエリューチカ殿下を国から出すことで、スフェンベルグは解放されるかもしれません。現にエリューチカ殿下が使者として王宮を出発してから、少しずつですが正気に戻った人間も増えてきています」

「そうだな……。先ほども青い顔をした財務大臣から『エリューチカ殿下のルベイラ行きを賛成してしまったが、本当に良かったのでしょうか』と聞かれたよ。よくはないが、確かに少しずつ謎《なぞ》の『強制力』から解放されつつあるのを感じる。……相変わらずルベイラとは連絡を取ることができないがな」

　ライオネルは深いため息をつく。そう、そこが問題だった。

　事情を説明したくとも、どうすることもできない。かといってこのままいけば確実に友好関係は解消されてしまうだろう。

　――それは、それだけはだめだ。魔石の鉱山が見つかった今、我が国と緊張《きんちょう》関係にある国々は金の生《な》る木を奪《うば》い取《と》ろうと虎視眈々《こしたんたん》とスフェンベルグを狙っている。強国ルベイラと友好関係にあることで、なんとか他国を牽制できているのだから。

——そんな大事な時に父上は……。

離宮に押し込めた父王を思い、情けなくて悔《くや》しくてやるせなくて、ライオネルは唇《くちびる》を噛《か》みしめる。

「……いや、嘆《なげ》いている場合ではないな。なんとかジークハルト王にスフェンベルグの現状を知らせて、エリューチカと例の敷物について注意するように警告しなければ。下手をすればルベイラが第二のスフェンベルグになってしまうだろう」

「はい。せめて『心話』がまともに使えれば、ライナスに真相を告げることができるのですが……」

魔法使いなのに何の役にも立てないことが悔しいのだろう。レオールはぎゅっと眉根を寄せた。

ライオネルも今取れるかぎりの方策を色々と考えて——ふと思いつく。

「……なぁ、レオール。『強制力』が弱まってきている今なら、スフェンベルグを離《はな》れれば『心話』も届くのではないか？」

「そうですね。そうかもしれません」

パッとレオールの表情が明るくなる。が、すぐに顔を曇《くも》らせた。

「いえ、だめです。国を出ようとしても、長の許可が出ません。今までに何度も邪魔されました」

スフェンベルグの王宮付き魔法使いの長は、早い段階でおかしくなっている。そのせいか、さまざまな理由をつけてルベイラと連絡を取ろうとするレオールの邪魔をしてきた。

だが、本人にまったく悪気はなく、邪魔してやろうという意図もないのだ。

何者かの『強制力』によってそういう方向に無意識のうちに誘導されている、というのがレオールの見解だった。

「それはルベイラに行くと言ったからだろう。ルベイラにまったく関係のない他国に行くのならば、妨害を受けずに行けるかもしれない」

ライオネルは机からスフェンベルグ王家の紋章《もんしょう》の透《す》かしが入った便箋《びんせん》を取り出した。

「私の母上――第一王妃の叔父《おじ》にあたる方がキルシュタインで療養中なんだ。キルシュタインはスフェンベルグからルベイラへ行く道中にある国の一つ。レオールには大叔父上に薬を届ける使者として、キルシュタインに行ってもらいたい」

何が言いたいかレオールもすぐに分かったらしい。深く頷いて声を落とした。

「分かりました。……そこからルベイラに少し足を延ばすのですね」

「ああ。その通りだ。うまくいくかは賭《か》けだが、何もしないよりかはマシだ」

大叔父に宛てる手紙をしたためながらライオネルは神に祈《いの》る。

――新しき神々よ。大地の化身《けしん》、太陽の使者で在《あ》らせられる偉大《いだい》な女神《めがみ》ファミリアよ。

我らに、スフェンベルグに、そしてルベイラに加護を。どうか……この願いを聞きたまえ。


同時刻、ロイスリーネの私室の居間の片隅《かたすみ》で、椅子《いす》に座った状態のジェシー人形がむくりと立ち上がった。

『大地ではなく太陽に祈ってくれたから、届いていたわよ、名も知らぬ王子さん。ふむふむ。ちょうどいい人材があっちにいるようね。彼らにまかせましょう。……さて、どうやらあちらは動いたよう。ではこちらも動きましょうか。黒の御方様、起きてます～？』

ジェシー人形はふっと姿を消した。

『女神の御使い』が再び動き始めたことを知る人間はまだいない――。

# 第四章
# お飾り王妃は再び狙われる

エリューチカ王女は謝罪の意を表すために訪《おとず》れた使者だ。

親善のために来たわけではないので、数日滞在《たいざい》して旅の疲《つか》れを癒《いや》したら、帰国する予定だった。

ルベイラ王家としても、公《おおやけ》に謝罪を受け取ったことで義理は果たしたことになる。これ以上引き止める必要もないし、もてなす義務もない。

それにジークハルトが謁見《えっけん》の場ではっきりと「ロイスリーネ以外の伴侶《はんりょ》はいらない」という牽制《けんせい》をしたので、エリューチカ王女も諦《あきら》めてさっさと国に戻《もど》るかと思われたが……。

『私、国外に出たのはこれが初めてなのです。なのでこの機会に大国であるルベイラにしばし滞在し、見聞《けんぶん》を広げとうございます』

などとエリューチカ王女は滞在期間を延ばしたいと申し出てきたのだ。

本来であれば「すぐ帰れ」と言いたいところだったが、願いを無下にもできずジークハルトはしぶしぶ王女の滞在を認めることになってしまった。

「……困ったことになったわね」

ロイスリーネは思わず呟《つぶや》く。その言葉を耳にした王妃《おうひ》付きの侍女《じじょ》たちが待ってましたとばかりに口々に不満を露《あら》わにする。

「本当ですわ。図々《ずうずう》しく居座《いすわ》るなんて、一体どういうつもりなのでしょう」

「さっさと帰国なさったらいいのに」

「『陛下《へいか》や王妃陛下のお邪魔《じゃま》は決してしません』とか仰《おっしゃ》っていたらしいけれど、怪《あや》しいものだわ！」

「知ってますか？　あの王女、慣れたものを使いたいからと、自国からわざわざ家具を運ばせたらしいですわ」

「その話、私も聞《き》き及《およ》んでおりますわ。ルベイラの王宮の調度品が気に入らないのであればお帰りあそばせばいいものを」

――皆《みんな》も鬱憤《うっぷん》がたまっているわねえ。

つい発してしまった自分の言葉に過剰《かじょう》に反応する侍女たちを見て、ロイスリーネは苦《く》笑《しょう》を浮《う》かべた。

「皆の気持ちも分かるけれど、エリューチカ殿下《でんか》は国賓《こくひん》なのだから、めったなことを口にしてはだめよ」

一応窘《たしな》めるものの、声に説得力がないのはロイスリーネ自身が侍女たちの言っていることと同じようなことを思っているからだろう。

「はい。申し訳ありません、王妃様」

「軽率《けいそつ》でしたわ」

侍女たちはシュンとなったものの、不満がくすぶったままなのは明らかだ。

無理もないだろう。エリューチカ王女が原因で、ルベイラ王宮内のあちこちでギスギスした空気が生まれているのだ。

ロイスリーネの耳に直接入ることはないものの、王妃付きの侍女である彼女たちは気づいているのだろう。新興貴族や王宮に勤める者たちの間でじわじわと広がっている「エリューチカ王女の方がルベイラの王妃に相応《ふさわ》しい」という声に。

だからこそ侍女たちはカリカリしている。ロイスリーネのことを思って。

その気持ち自体はありがたい。けれど、悪口を聞かれて下手に争いになっては困るのだ。

「私も不要なことを言ってしまったわ。でも、あと少しの辛抱《しんぼう》よ。一国の王女がそう長い間国外にい続けるわけにはいかないのだから」

「はい。……そう、そうですよね。王妃様の仰る通りです」

「あと少ししたら王宮内も元に戻りますわ、きっと」

侍女たちはそう言って慰《なぐさ》め合うように頷《うなず》いた。

——本当に、面倒なことになったものだわ。

ロイスリーネはこっそりとため息をつく。

ルベイラに滞在することになったエリューチカ王女だが、ロイスリーネの予想に反してジークハルトにつきまとうことはなかった。「お会いしたい」と言い出すこともない。わがままも言わず、無茶な要求もなく、模範的《もはんてき》な態度で逗留《とうりゅう》している。

これには一連のスフェンベルグの行動に対して反感を覚えていた者たちも「弁《わきま》えた王女だ」と感心しているという。

——むぅ。偽《にせ》聖女イレーナのように陛下の迷惑《めいわく》になるくらいつきまとってくれたなら、王女を追い出す理由になるのに……。

彼女がやっていることと言えば、スフェンベルグの外交官が自宅へ招いたルベイラ貴族たちと親交しているだけ。

ルベイラの王宮にエリューチカ王女自らが勝手に呼んだり集めたりしたとなれば、文句のつけようもあるのだが……。

——でも、その外交官が集めた貴族たちなのよね、「エリューチカ王女こそ王妃に相応しい」なんてことを言い出しているのは。

最近になって一部の者たちがしきりにエリューチカ王女に傾倒《けいとう》し、彼女を王妃にした方がいいのではないかと声を上げ始めていた。特にエリューチカ王女に付けた侍女や護衛の騎士《きし》たち、彼女と交流したことのある貴族たちばかりだという。

——そして不思議なことに、そのほとんどが新興貴族らしいのよね。

高位貴族や下位といえども先祖代々ルベイラ貴族だった家の者も、一度は義理でスフェンベルグの外交官の招きに応じたものの、エリューチカ王女に傾倒していく新興貴族たちの様子に不気味さを覚えて誰《だれ》も行かなくなったようだ。

——これはどういうことかしら。確かにエリューチカ王女は美人で気品があって、私より王妃に相応しいと思えるかもしれない。けれど……歴史の浅い貴族とはいえ、たった十日間でそんなに他国の王女にのめり込むものかしら。

ジークハルトの不興を買えば、貴族の位を取り上げられる危険すらあるだろうに。現にジークハルトは「エリューチカ王女こそ王妃に相応しい」なんて声が出ていることに腹を立てており、そう進言した国務大臣の秘書官の一人を王宮から追い出したらしい。

ちなみにその秘書官もスフェンベルグの外交官の自宅に招かれていた新興貴族の嫡男《ちゃくなん》だったという話だ。

それ以降、エリューチカ王女を推《お》す者たちと、それを咎《とが》める者たち、そのどちらとも関わり合いになりたくない者たちなどの思惑《おもわく》が入り交じって、王宮のあちこちでギクシャクした雰囲気《ふんいき》になっている。

——本当に、困ったことになったわ。このままじゃ王宮内で争いに発展しそうだもの。どうにかしないといけないけれど、原因が分からないのよね。

……いや、原因は明らかにエリューチカ王女だ。それは分かっている。普通《ふつう》じゃないことが起きつつあることも。けれどどんな手を使っているのか、どう対処したらいいのか分からないのだ。

ライナスによると魔法《まほう》のたぐいではないようだ。エリューチカ王女を推している新興貴族たちを見ても、何かの術が使われた形跡《けいせき》はなかった。

——うーん、魔法じゃないのなら、一体何が起こっているのかしら。

リグイラたちも調べているが、今のところ手がかりはないらしい。

——侍女たちには「あと少しの辛抱よ」なんて言ったけど、私にも分からないんだもの。根拠《こんきょ》のない慰めにしかならないわよね。

再びため息をついていると、王妃付き侍女の一人であるカテリナがロイスリーネに声をかけた。

「王妃様、そろそろ時間ではありませんか？」

「あ、そうね。『緑葉亭《りょくようてい》』に行く時間だわ。着替《きが》えないと」

ロイスリーネはソファから立ち上がる。それを見計らったように、カテリナが朗《ほが》らかな口調で周囲の侍女たちに言った。

「ジェシー人形のドレスの新作ができあがったんです。でも、少しデザインで迷っていて。皆さんの意見を聞かせてくださいな」

とたんに沈《しず》んだ様子だった侍女たちが笑顔《えがお》になる。

「まぁ、新作が仕上がったのね。ぜひ見せて！」

「王妃様の次のドレスの参考にしたいわ！」

「ジェシー人形を持ってくるわね！」

はしゃいだ声とともに、さっきまでピリピリしていた部屋の雰囲気までもが明るくなった。

「ささ、リーネ様。今のうちにお着替えを」

「ええ」

エマに促《うなが》されて寝室《しんしつ》に向かいながら、ロイスリーネはカテリナに感謝の笑《え》みを送る。おそらくカテリナは侍女たちの不安を紛《まぎ》らわすためにわざとあの場でドレスの話題を出したのだろう。

ロイスリーネの視線に気づいたカテリナがにっこりと笑う。

『こちらは私におまかせを。お気をつけて行ってらっしゃいませ』

距離《きょり》は離《はな》れているのに、耳元でカテリナの声が聞こえた。『影《かげ》』の人たちが使う、不思議な伝達方法だ。

カテリナはロイスリーネ付きの侍女の一人で、裁縫《さいほう》が趣味《しゅみ》だという以外、あまり目立たない女性だ。けれど、それはあくまで表向きの姿であり、『影』の一員であるという裏の姿を持っている。

王宮に勤めるにあたって「カテリナ」という本名を使ってはいるが、『影』としての名前はレーヌという。ロイスリーネもつい最近知ったことだが、なんとリグイラの姪《めい》にあたるらしい。

ジークハルトがロイスリーネの身を守るために密《ひそ》かに侍女として潜《もぐ》り込ませていた護衛で、カテリナの得物は趣味でもある裁縫道具とのことだった。

――ありがとう、カテリナ。心置きなく『緑葉亭』に行けるわ。

ロイスリーネはエマの手を借りていつものワンピースとエプロンに着替えると、ジェシー人形を取り囲んでドレス談義に花を咲《さ》かせている侍女たちに声をかけた。

「それじゃあ、行ってくるわね。後をお願い」

「はい、王妃様。行ってらっしゃいませ」

「リーネ様、お気をつけて」

侍女たちやエマの見送りを背に、ロイスリーネはウェイトレス稼業《かぎょう》にいそしむべく元気よく出発した。

「めったなことを口にしてはだめよ」と侍女たちを窘めたロイスリーネだが、もちろん内心では「エリューチカ王女の方が王妃に相応しい」などと言われて面白《おもしろ》いはずがない。

――どうせ私はエリューチカ王女のように美人ではないし、気品もなくて劣《おと》ってますよ。ふんだ。

鬱憤を晴らすようにロイスリーネは客でにぎわう店内を動き回る。

「リーネちゃん、注文を頼《たの》むよ」

「はい、すぐに行きます。お待ちくださいませ～！」

不思議なことに、こうしてウェイトレスとして何も考えず動き回っていると、ささくれ立った心が晴れていく。

――うーん、やっぱり私には王妃稼業よりウェイトレスの方が性《しょう》に合《あ》っているんだわ。

もちろん、王妃をやめるつもりはないし、ましてや得体の知れないエリューチカ王女にジークハルトを譲《ゆず》る気もないけれど。

「はぁ、今日もたくさん働いたわ」

「お疲れ様、リーネ」

昼の営業時間を終え、心地《ここち》よい疲れに身をまかせてカウンター席に座っていると、カインがロイスリーネの前に水をなみなみ入れたコップを置きながら隣《となり》に腰《こし》を下ろした。

「女将《おかみ》があと少しでまかないもできるって言っていた」

「カインさん、すみません。お客様なのに水を運んでもらって」

「確かにお客だけど、店にとっては身内みたいなものだ。気にするな」

　黒髪《くろかみ》に水色の目をした軍服姿の美丈夫《びじょうふ》が、ロイスリーネに向かって微笑《ほほえ》んでいる。店の近くにある軍の駐屯所《ちゅうとんじょ》に勤めている将校のカイン——というのは表向きで、その正体は国王ジークハルトその人だ。

「カインさん、今日はお仕事、大丈夫《だいじょうぶ》なんですか？」

「ああ。ようやく日常業務に戻ったからな。書類仕事も以前よりだいぶ減って動けるようになった」

　嬉《うれ》しそうに笑うカインを見て、無表情がデフォルトのジークハルト国王だと誰が思うだろう。

　——まぁ、今店にいる全員が、カインさんの正体知っていますけどね。

「カインさんに店で会えるようになって嬉しいです」

「俺もだ」

　微笑み合っていると、まかないが載《の》った盆《ぼん》を手にリグイラが厨房《ちゅうぼう》から出てきた。

「お待たせ、リーネ。熱いから気をつけて食べな」

「ありがとうございます、リグイラさん！」

　ロイスリーネは嬉々《きき》として、肉のソテーや長時間野菜や肉を煮込《にこ》んで作ったブラウンスープを口に運んだ。

「んんっ、すごく美味《おい》しいです！」

満面の笑みを浮かべて食べているロイスリーネを、カインは優《やさ》しい笑顔で見守った。

だがロイスリーネがまかないを食べ終え、集まった『影』たちやリグイラとキーツに声をかけるカインの表情は真顔だった。

「で、リグイラ、マイクとゲールたちは何と言っている？」

問いかける声音《こわね》は「カイン」のものではなく、国王ジークハルトにすっかり戻っている。

リグイラは難しい表情を浮かべて首を横に振《ふ》った。

「接触《せっしょく》は続けているらしいが、相変わらずスフェンベルグに差し向けた『影』たちは記《き》憶《おく》がないままらしいよ。宮殿《きゅうでん》に出入りする者たちからそれとなく情報を聞き出しているが、これといってめぼしいものはないそうだ。ただ、何かが起きているのは確かなようで、下働きたちは上の連中の様子がおかしい、何かに怯《おび》えているようだと話していたらしい」

「怯えている……？」

「大国ルベイラにこんな失礼なことをして大丈夫だろうか、とね。かといって全員そうなわけじゃない。まったく気にしていない奴《やつ》もいるそうだ。が、下働きたちには、怯えている連中よりまったく気にしていない連中の方が奇異《きい》に見えるらしい」

「……つまり、下働きたちの感覚だと怯えている連中の方が正常に思えるということだな」

カインは顎《あご》に手を当てて呟く。

「まぁ、普通に考えれば大国に失礼なことをしているとなれば不安になるのが当たり前だろう。まったく気にしていない連中が変なんだ。だからゲールたちは洗脳の線を疑っている」

「……もしやクロイツ派か？」

「分からない。そいつらがまだ何かを企《たくら》んでいるという線は捨てきれないが……違《ちが》う気がするね」

リグイラは眉間《みけん》に指を当てて、適切な言葉を探しながら続けた。

「肌《はだ》で感じるというか、クロイツ派の仕業とは異なるような……」

「部隊長の言う通りだ。俺もクロイツ派とは違うように感じるな」

キーツがボソリと囁《ささや》く。他の『影』たちも同意するように頷いた。

「そうか……長く追っていたお前たちがそう言うのであれば、クロイツ派は除外していいのかもしれないな」

カインの言葉が途切《とぎ》れたのを見計らい、ロイスリーネはおずおずと口を挟《はさ》んだ。

「あの、異変はルベイラでも起こっているわよね？」

とたんにカインは顔をしかめた。

「ああ、その通りだな。間違いなくルベイラ内でもおかしいことが起こっている」

「いくらなんでも、短期間でスフェンベルグの王女への支持が広がるのはおかしいからね。だけどライナスも魔法の気配はないと言うし、エリューチカ王女とその周辺を見張らせているうちの連中も、怪しいそぶりはないし、魔法をかけた様子もないと言っているんだよ」

お手上げというふうにリグイラは手を上げた。

――そうなのよね。魅了術《みりょうじゅつ》とか洗脳魔法をかけているのであれば、接点がなければおかしいのだけど、エリューチカ王女を推す人たちの中には王女一行と顔を合わせたことのない人もけっこういるらしいのよね。

そのため、エリューチカ王女たちが何かを仕掛《しか》けていると断定ができないのだ。

「でもやっぱりエリューチカ王女が怪しいと思うのよね。単なる勘だけど」

私情が入りまくりな勘だが、恋敵《こいがたき》という点を差し引いても、やっぱりエリューチカ王女たちが怪しいのだ。

「だって最初に『エリューチカ王女の方が王妃に相応しい』って言い出したのも、エリューチカ王女に付けた侍女や護衛の騎士たちだったと言うじゃない」

そのせいで侍女長がとても苦労しているのだ。

侍女長からすれば、そんなことを言い出した部下たちを放置すれば責任問題になりかねないから、もちろん咎める。けれど、それでも彼女たちの言動がやむことはなく、他の侍女たち——主にロイスリーネ付きの侍女たちと険悪な関係になってしまった。

そこで侍女長は収拾《しゅうしゅう》をつけるべく問題発言を繰《く》り返《かえ》す侍女たちをエリューチカ王女付きから外そうとしたのだが、なぜか泣いて拒否《きょひ》されてしまった上に、王女本人から替《か》えないでほしいと言われてしまい、異動させることもできなくなってしまった。

——私に向かって「申し訳ありません、王妃様。私の力不足です」と何度も頭を下げる侍女長が気の毒でならなかったわ。

ロイスリーネにとって女官長と侍女長は右腕《みぎうで》であると同時に、ルベイラにおける厳しくも優しい母か祖母のような存在だ。その彼女に迷惑をかけるなんて、腹立たしくなる思いだ。

テーブルの上で思わずグッと握《にぎ》りしめたロイスリーネの手を、慰めるかのようにカインの手が包み込んだ。

「カインさん……」

「俺もエリューチカ王女とその周辺が怪しいと思っている。あんなにわずかな間で厳しく躾《しつ》けられた侍女や騎士たちを取り込むなんて普通じゃないからな。大丈夫、絶対に原因を探《さぐ》って一刻も早く王女たちを追《お》い払《はら》うから。……リグイラ、引き続き彼らの監視《かんし》を頼む。外交官の動きも要注意だ」

会合を終えたカイン、いや、ジークハルトは、ロイスリーネを隠れ家まで送り届けるために一緒に店を出た。

二人は並んで歩きながら、どちらからともなく手を繋《つな》いでいる。最初は手が触れるだけで照れ合っていたものだが、恋人になった今では当たり前のように手を繋ぐようになっていた。

とはいうものの、照れくさいことには変わりなく、歩きながら久しぶりの触れ合いにロイスリーネの胸はドキドキしっぱなしだった。

──恥ずかしいけど、こうして陛下と二人きりでのんびり街を歩けるのはやっぱり嬉しい。

「カインさんに送ってもらうのも久しぶりですね」

「ああ、そうだな。ここのところ忙しくて『緑葉亭』にもなかなか行けなかったから」

しみじみとした口調で言った後、ジークハルトは少し声を落として続けた。

「……クロイツ派のことも解決して、ようやく本当の夫婦のようにすごせると思ったんだけど。妙なことになってしまった。……ロイスリーネにも負担をかけているよな。すまない」

ロイスリーネは驚いてジークハルトを見上げた。

「カインさんの、陛下のせいじゃありません」

そう、ジークハルトのせいではない。クロイツ派に狙われたロイスリーネがどうしようもなかったように、今回のことはジークハルトにはどうすることもできなかった。もらい事故のようなものだ。

——……そう、それだけ。私は陛下の妻として頑張るだけ。そうでしょう？

そう思っているのだが、でも気が滅入らないわけではない。

「エリューチカ王女の方が王妃として相応しい」なんて言われて、平気なわけではないのだ、決して。ただ、それを周囲には見せないようにしているだけ。

——「お飾り王妃」だと言われていることだって、本当は少し気にしている。

「……………私、陛下の王妃でいていいんでしょうか？」

気がついたらロイスリーネは口に出していた。おそらくジークハルトではなくてカインの姿だったからだろう、ロイスリーネも王妃ではなく、リーネの姿だったから、心の奥底に隠していた不安をつい吐露してしまったのだ。

「ロイスリーネ？」

「私、陛下の妃でいていいんでしょうか？　呪いのことだって、結局何の役にも立たなくて……。私がルベイラに嫁いだ意味というか理由もなくなってますよね？　だってもう夜の神の呪いはないですもの。なのに、私、陛下の隣に立っていていいんですか？」

祝福《ギフト》があると知り、それがジークハルトの役に立つと聞いて、ピンと来なかったけれど、でも本当は嬉しかったのだ。こんな自分でもジークハルトに求められている、隣に立つ理由があるのだと知って。

でも今はそれがあいまいで、意味がないものとなっている。

だからだろう。普段は気にしていないのにふとした瞬間、足元が崩れそうになっている気がしてとても不安になってしまうのだ。

そして、今がちょうどそんな時だったのだろう。突然湧いた不安にロイスリーネは怖くなってしまった。

「だって、だって、私は本当の意味でまだ陛下の妻じゃない。お飾り王妃で、名前だけの――」

「ロイスリーネ！」

ジークハルトが突然ロイスリーネを胸に抱きしめた。

「へ、へ、い、いえ、カインさん？」

往来の真ん中で抱きしめられてロイスリーネは慌てた。が、よくよく見てみると、いつの間にか隠れ家の前まで来ていて、周囲には誰もいない。

「……すまない、不安にさせていたんだな」

ロイスリーネをぎゅっと抱きしめたまま、ジークハルトは呟いた。

「ロイスリーネはいつも笑顔で、前向きで、『お飾り』なんて言われても気にしていないのだと思っていた。でも違っていたんだな。……そうだよな。不安を覚えないわけがないんだ。君は自分を大切にしてくれる周囲の人を気遣って、不安を表に出さないようにしていただけ。知っていたのに、俺は……」

「……カインさん？」

「カインじゃない。ロイスリーネ、俺を見ろ」

目の前でいきなりジークハルトの姿に変わった。カインに変身していた魔法を解いたのだ。

仰天したのはロイスリーネの方だった。こんなところで魔法を解いてジークハルトに戻ってしまうなんて、一体何を考えているのだろう。

「へ、陛下、人に見られたら、大変なことに――」

「大丈夫だ。『影』たちが気を利かせてこの周囲一帯を人払いしてくれている」

「ええええ！」

「だから大丈夫。ロイスリーネ、俺を見ろ」

命令するように言われてロイスリーネはジークハルトの綺麗すぎる顔を見上げた。青灰色の瞳がロイスリーネを見下ろしている。顔は無表情なのに、瞳だけは熱っぽい光を浮かべていた。

ジークハルトは手を延《の》ばしてロイスリーネの眼鏡を取る。

「へい、か？」

「俺は君の不安に気づかなかった自分をぶん殴りたい気分だ。すまない。俺が君を不安にさせていたんだよな」

いきなり自分を責めだしたジークハルトにロイスリーネは目を見開いた。

「え、ち、違います。私が勝手に……」

そう。勝手にロイスリーネが落ち込んで、勝手に不安がっているだけだ。

「いや、俺が不甲斐《ふがい》ないからだ。君をいつまでも『お飾り』呼ばわりさせている原因はそもそも俺だ。俺が動くべきだし、俺が何とかするべき問題だ。君は巻き込まれただけだ」

ジークハルトは屈《かが》みこむと、ロイスリーネの額にこつんと自分のおでこを軽くぶつけた。

「へ、陛下？」

「……ロイスリーネ、君が好きだよ。俺は呪いを解けるギフトがあるから君を好きになったわけでも、それを求めて君と結婚したわけでもない。前に言ったはずだ。君が君だからだ。不安になりつつも前を向ける君だからこそ好きになった。そんな君に傍にいてほしいから結婚したいと思ったんだ。だからお飾りだなんて言わないでくれ」

「……陛下、私……」

青灰色の目に映り込んだ自分の姿に、途端にロイスリーネは不安を晒《さら》したことが恥ずかしくなってしまった。

——はううう！　私ったら、こんな場所で一体何をしているの！　それに陛下ってば、いきなり陛下に戻るのは反則よ、反則！

照れて俯《うつむ》きそうになるロイスリーネの顎を、ジークハルトの手が掬《すく》い上げる。

「君が不安になるたびに何度でも言おう。君を愛している、ロイスリーネ」

降りてくるジークハルトの美貌《びぼう》にロイスリーネの脳内が騒がしくなる。ついでに心臓もバクバクで今にも飛び出してきそうだ。

「……へ、陛下……」

いつの間にか不安は消えていた。大好きなモフモフのことも、今のロイスリーネの頭の中には浮かばない。

——そうよね。私は私でしかないし、それ以上にもなれない。でも、陛下はそんな私でいいんだって言ってくださるんだわ……。本当に反則よ。こんなこと言われて、好きにならずにいられないじゃないの。

「……陛下。私も。大好きです……」

ロイスリーネは心の中で白旗を上げつつ、美しすぎる夫のキスを受けるために目をそっと閉じた。

秘密の通路を通り、ロイスリーネを部屋の前まで送り届けたジークハルトは上機嫌《じょうきげん》で執務室《しつむしつ》に戻った。


「お帰りなさい、陛下」

「お帰り、ジーク」

書類を持ったカーティスと、ジークハルトの姿で机に座っているエイベルに迎《むか》えられる。

「久しぶりのお忍《しの》びはどうでしたか？」

「街は変わりないようだ。異変が起こっているのは貴族たちと王宮の中だけだな」

「こっちも今のところ問題はないよ。あ、スフェンベルグから返答が来たみたいだけど、エリューチカ王女の帰国に関しては相変わらずのらりくらりと避《さ》けているってさ」

従者姿に戻りながらエイベルが言った。

「そうか……」

ジークハルトは眉間に皺《しわ》を寄せる。

「スフェンベルグか……」

実のところ、引っかかっているのはスフェンベルグ国内の異常のことだけではない。少しだけ気になる情報が他国に放った『影』たちからもたらされているのだ。

——スフェンベルグで見つかった魔石の鉱山を、周辺国が狙っているという情報だ。

さらにそれらの国々が、「スフェンベルグで見つかった魔石の鉱山」という目的の下、手を組もうとしている形跡があるのだという。

中にはあまり仲がよくない国同士もある。

スフェンベルグから鉱山を奪い取ったとしても、今度はそれらの国々の間で争奪戦が始まるだけだというのに。下手をしたら人の屍《しかばね》だけが積み上がり、勝利者は誰もいないということになりかねない。六百年前の大戦のように。

——国を挙げて争うほどの価値があの鉱山にあるとは思えないのだが……。もしかして裏で手を引いている者がいる？

「何かきな臭いな」

ジークハルトは眉をひそめた。

——もし魔石の鉱山を巡って戦いが起こったら、今の混乱したスフェンベルグは持ちこたえることはできるのだろうか？

いや、それよりも——。

——そうなった時、ルベイラはどう動くべきか、だな。

友好国だからといっても所詮《しょせん》はそれだけの関係だ。ルベイラにとっては数ある中の一国に過ぎない。助ける義理はない。ないが……。

——まぁ、助けを求められているわけじゃないし、今はまず周辺諸国ではなく、スフェンベルグのことだな。

「ところで女将の報告はどうでしたか？　何か分かったことでも？」

物思いにふけるジークハルトの耳にカーティスの質問が飛び込んできた。ジークハルトは我に返り、『緑葉亭』で聞いた情報を二人に語った。

「……ふむ。スフェンベルグの状況《じょうきょう》も気になりますが、どうも外交官が招待している貴族がルベイラに後から入ってきた新興貴族たちばかりだというのが引っかかりますね」

カーティスが唇《くちびる》に指を当てて思案する。

「彼らの爵位はあまり高くありませんし、政治的にそこまで影響力もありません。味方に引き入れるなら高位貴族の方が効果的なのに、なぜなのでしょう？」

「単に高位貴族たちに相手にされてないだけじゃないの？」

エイベルが口を挟んだ。

「けれど、最近はむしろ新興貴族ばかりに声をかけているようなんですよね。そこが何か引っかかるんです。何か彼らでないといけない理由でもあるのかと……」

ふとジークハルトも思い出す。

「そういえばエリューチカ王女付きになって彼女に傾倒している侍女たちも、新興貴族出身だったかな」

「はい。様子がおかしくなった騎士たちも同様です」

「確かにここまで揃《そろ》ってくると偶然《ぐうぜん》ではないな……」

そこまで言った時、扉《とびら》の外で来訪者を告げる護衛騎士の声がした。

「陛下、ライナス様がいらしています」

「入ってくれ」

「失礼します」

扉を開けてライナスが入ってくる。ライナスはジークハルトを見て微笑んだ。

「お帰りなさい、陛下」

もちろんライナスも今日ジークハルトが街に下りていたことを知っている。だからこそジークハルトが戻ってきている時間を見計らって訪れたのだろう。

「ライナス、検査の結果は出たのか？」

尋《たず》ねるとライナスはすっと笑みを消して苦い表情になった。

「はい。……やはり何も出ませんでした。髪《かみ》や血液も採取して調べましたが、トカラの実の成分は検出されませんでした」

「そうか……」

実はライナスの部下である王宮魔法使《まほうつか》いの一人が、長期休暇《きゅうか》明けに戻ってきた時にはすでに、エリューチカ王女推しになっていたのだ。そこでライナスは彼を徹底的《てっていてき》に検査することにした。

魔法の痕跡《こんせき》探しはもとより、髪や血液も採取して調べた。もしトカラの実が検出されれば、一連の騒動がクロイツ派の残党によるものだと当たりがつけられる。なぜならクロイツ派は信者を洗脳するためにこのトカラの実の抽出液《ちゅうしゅつえき》を好んで使っていたからだ。

だが、調べた結果、そのどちらも使われていなかった。もちろん、他の怪しい成分も検出されなかったという。

「力及ばずで申し訳ありません」

ライナスは悔《くや》しそうに顔を歪《ゆが》めた。目の前で明らかに異変が起こっているのに、どれだけ調べても原因を突《つ》き止《と》めることができないのは、研究肌の彼にとってはさぞ無念なことだろう。

だがライナスは原因を突き止めることを諦めたわけではないようだ。彼は真剣《しんけん》な眼差《まなざ》しでジークハルトを見る。

「陛下、ミルファ嬢《じょう》に助力をお願いしたいと思っています。私には分からなくとも、『解《かい》呪《じゅ》』のギフトを持つ彼女なら、何か私たちと違うものを感じ取れるかもしれませんので」

「そうだな」

ジークハルトは頷いた。ロイスリーネの母親である『解呪の魔女《まじょ》』ローゼリアに教えを受けた聖女ミルファは、めきめきと腕《うで》を上げ、今では呪《のろ》いだけでなく本人の意思に反してかけられてる魔法も『解呪』できるようになっている。

「ではジョセフ神殿長《しんでんちょう》には私から連絡《れんらく》しておきましょう」

カーティスが口を挟む。

ルベイラの王都にあるファミリア神殿の神殿長を務めるジョセフ枢機卿《すうききょう》はカーティスの叔父《おじ》にあたる人物だ。そのため、個人的に頼みごとをする場合、カーティスに頼むのが一番手っ取り早い。

「よろしくお願いします、宰相殿《さいしょうどの》」

「はい。おまかせを」

「……しかし、新興貴族たちがエリューチカ王女に心酔《しんすい》する言動を見るとどう考えても洗脳か魅了なんだけど、そのどれでもないって一体何なのかね？」

エイベルが首をひねる。

「分かりませんが、放置するわけにはいきませんね。他の貴族たちにも影響が出る」

「そうだね。古参の高位貴族や大臣たちは呪いのことを知っているし、ジークが王妃様にどれだけ執着《しゅうちゃく》しているかも知っているけど、接点のない下位貴族は知らないもんね。王妃様を手放すことなんて絶対ありえないと分かっていれば、新興貴族たちの戯言《たわごと》にも動じることはないんだろうけど……」

いったん言葉を切ると、エイベルは何かを思いついたようにニヘラと笑った。

「あー、僕、いいこと思いついちゃった。やって損はないと思うし、ジークにとっても得な話だ」

「え？」

怪訝《けげん》そうに眉根《まゆね》を寄せるジークハルトに、エイベルはとある秘策を授《さず》けるのだった。


「は？　デート？」

部屋に戻って侍女たちとまったりお茶を飲んでいたロイスリーネは、唐突《とうとつ》に訪れたエイベルが得意げに言った言葉にポカンとなった。

「そうです。陛下とデートをしましょう。これから。今すぐに」

「はぁ？　何を言ってるんですか？」

冷たい声でロイスリーネの斜《なな》め後ろに控《ひか》えていたエマが聞き返す。声だけでなくエイベルを見つめる目も氷のように冷ややかだ。

エイベルはうっとりとなった。

「その蔑《さげす》んだような目つき、最高だなぁ。ゾクゾクする」

「病気ですね」

「そのつれなさも最高……っと、今はそんな場合じゃなかった」

へらっと笑いそうになっている顔をパンと叩《たた》くと、エイベルは改まった表情になってロイスリーネに説明する。

「つまりですね。一部の新興貴族たちの戯言に他の貴族たちが動揺《どうよう》しないようにするために、陛下のお心が王妃様にあると示す必要があるんです。僕らや大臣たちは陛下と王妃様が陰《かげ》では仲睦《なかむつ》まじいということを知っていますが、他の貴族たちはそれを知りません。何しろ陛下と王妃様は公務以外で一緒にいる姿をあまり見せていませんから」

「……そ、それは確かに、そうね」

『緑葉亭』では恋人《こいびと》同士だと認識《にんしき》されているし、仲よく手を繋いで王都を歩いているが、それはあくまでカインとリーネであって「ジークハルト国王とロイスリーネ王妃」ではない。

毎朝朝食を一緒に摂《と》っているものの、それを目撃《もくげき》するのは一部の者たちだけ。二人で出席する公務の時にはもちろん傍《そば》にいるが、それ以外の場で一緒にいる姿を見せたことはあまりなかった。

――確かにそうだわ。これじゃ仮面夫婦《ふうふ》にしか見えないわよね……。

「『お飾り王妃』と呼ばれても無理ないわ……」

「ですから、お二人が公務以外で一緒にいることを多くの者たちの目に触れさせる必要があります。国王夫妻は仲がいいと思わせることができれば、新興貴族の戯言に耳を傾《かたむ》ける者も少なくなるというわけです」

「だからデートなのね」

「はい。幸い外もまだ明るいし、夜の公務までは時間があります。陛下も書類仕事が一段落して手が空きましたので、一階の中庭で王妃様をお待ちになっておりますよ」

「わ、分かりました。すぐに参ります」

突然《とつぜん》の中庭デートに色めきたったのは侍女たちだった。

「とっておきのドレスにお召替《めしか》えを……！」

「でも、陛下をお待たせするわけにはいかないわ！」

「今のドレスで妥協《だきょう》するしか……」

「ああ、どうしてもっと豪華《ごうか》なドレスを選んでおかなかったのかしら、私たちったら！」

「大丈夫です。皆さん。この間届けられた孔雀色《くじゃくいろ》のケープがありましたでしょう？　冬の夜会のために用意したものですが、今使わない手はありません」

発言したのはカテリナだ。

「幸いドレスは白色ですから、あのケープを羽織っても違和感《いわかん》はありません。ケープの色に合わせた髪飾りをつければ……」

「華《はな》やかさを演出できるわ。カテリナ、ナイスアイディアよ！　急いで用意しましょう！」

侍女たちは頷き合うと一斉に動き始める。

ロイスリーネが宝飾品《ほうしょくひん》やドレスにあまり頓着《とんちゃく》しない性格のため、かえって侍女たちは「私たちが王妃様を着飾らなければ！」という謎《なぞ》の使命感を抱《いだ》くらしい。

侍女たちの団結力とパワーに頼もしさを覚えながらもロイスリーネは圧倒《あっとう》されていた。

――ただ、陛下と庭を散策するだけなのに……。でも他人に見せるためのデートですものね。仕方ないか。

そう思いつつ、ジークハルトとのデートにロイスリーネは胸の鼓動《こどう》が高まるのを感じていた。

十分後、最速で支度を終えたロイスリーネはキラキラと細かいビーズをちりばめた孔雀色のケープを羽織り、部屋を出た。案内役のエイベルが先頭に立ち、その後ろを侍女と護衛騎士たち――要するにいつもの大勢に囲まれながら移動していく。

王宮に勤める者たちは王妃の大移動を見慣れているのだが、この日はいつもと違った気合の入り方だったせいか、何事かと足を止める人も多かった。

ちなみにこの集団で一番気合の入った歩き方をしているのは、ロイスリーネではなく、その周りを囲んでいる侍女軍団である。その様子はある意味鬼気迫《ききせま》るものがあったが、ロイスリーネはジークハルトとデートすることに浮かれて気づくことはなかった。

エイベルが国王夫妻のデートに選んだのは、本宮の一階にある中庭だ。

ここは本宮に作られた中庭の中で一番大きく、もっとも華やかな場となっている。中央玄関《げんかん》から謁見の間に向かう途中《とちゅう》にあるため、訪問客の目に必ず留まる場所だ。人目につきやすいという点では最適なデート場所だと言える。

「ロイスリーネ」

ジークハルトと彼の護衛騎士たちが、中庭の出入り口でロイスリーネたちを待っていた。

「陛下」

「突然すまない。だけどたまにはいいだろう。王妃よ、俺の散歩に付き合ってもらえないだろうか？」

差し出された手にロイスリーネはにっこり笑いながら手を預けた。

「もちろんです、陛下」

二人はゆっくりと歩き始める。よくよく見ると吹き抜《ふぬ》けの二階と三階から警備の兵士に交じってかなりの見物人が覗《のぞ》いている。王と王妃がそろって姿を見せると、彼らは一様にどよめいていた。

「あの人たち、何事かと思っているでしょうね」

くすくす笑いながら言うと、ジークハルトもほんの少し頬《ほお》を緩《ゆる》めた。笑顔とまではいかないが、いつも淡々《たんたん》としている「氷の王」にしてはかなり柔和《にゅうわ》な表情になっている。

「そうだな。びっくりしてきっと職場で話すだろう。それが狙い目、らしい」

「ふふ、エイベルらしいアイディアですよね。何かすごく得意げだったもの」

部屋に来て説明してくれた時のエイベルを思い出しながら言うと、ジークハルトは頷いた。

「ああ、そうだ。俺にとっても損はないと言っていたが……その通りだな。ロイスリーネとこうして一緒にいられるのだから。確かに得だ」

「ふふふ、私もそう思います」

ジークハルトにエスコートされてロイスリーネはゆっくりと中庭を横切っていく。

「なんか変な感じです。カインさんとリーネとしては何度も手を繋いで王都を散策したのに……」

こそばゆい気持ちになりながらロイスリーネは率直な思いを吐露《とろ》した。

「ドキドキしているし、ワクワクもしているし、一方でなんか頭もふわふわしている感じで。なんと言うか、すごく新鮮《しんせん》な気分です」

「本来の姿でこんなふうに歩くのは初めてだからな。……もっと早くこうすればよかった」

「陛下？」

「陛下じゃなくてジーク、だろう?」

とがめるような、それでいてほんのり甘い響きの声でジークハルトは囁《ささや》いた。

「名前で呼んでいいと言ったのに、ロイスリーネはいつも『陛下』ばかりだからな。せめてデートしている時くらい、名前で呼んで欲しい」

「あ……」

そういえば名前で呼んで欲しいと言われていたのに、ロイスリーネは「陛下」としか呼んでいない。国王としてのジークハルトと会う時は「王妃」の仮面を被っているし、常に人目に晒されているので、尊称ではなく名前を呼ぶ勇気がなかったのだ。

――で、でも今はデート中だし、仲良しアピールするには持ってこいの機会よね?

ロイスリーネはこほんと、咳払いをしてから口を開いた。

「ジーク」

「なんだい、ロイスリーネ」

どことなくカインのような口調で応じるジークハルトに、くすぐったい思いをするのと同時にロイスリーネはいたずら心を起こした。

――もっと大胆になってもいいわよね。だって、夫婦なんだもの!

ロイスリーネはジークハルトからすっと手を引くと、今度は彼の腕に自分の腕を巻きつけた。

「ロイスリーネ⁉」

ぎょっとしたようにジークハルトが足を止める。

中庭にどよめきが走った。後ろから黄色い声も聞こえた気がするが、これはおそらくロイスリーネ付きの侍女たちだろう。

「こうすれば、もっと距離が近くて仲がいいように見えますよね」

「……っ、そ、そうだな」

ジークハルトは言葉に詰《つ》まったように咳払《せきばら》いすると、ロイスリーネと腕を組んだまま歩き始めた。表情に変化はないものの、その耳がほんのり赤くなっていることにロイスリーネは気づいている。

そういうロイスリーネも頬を染めていた。自分でも大胆《だいたん》なことをしている自覚があるのだ。

──恥《は》ずかしい……！　でも、仲がいいことをアピールするためだものっ。

カインの時は割合平気なのに、なぜジークハルト相手だとこうも面《おも》はゆく感じるのか。

やはり素に近いといっても、お互いある意味装《よそお》っている部分があるからなのかもしれない。

主役二人が照れに照れまくっているのが伝わるのか、それとも初々《ういうい》しい雰囲気がだだ漏《も》れなのか、デートを見守っている見物人にはかなり好感触に映ったようだ。

「なんかいいな」

「そうだな。お二人はあまり仲がよくないのかと思ったけど、そうじゃないらしい。あんな柔《やわ》らかな雰囲気の陛下を見るのは初めてだ」

「王妃様、赤くなって照れてる。なんて初々しいのかしら」

「そうね。いつも大人しく陛下の横で微笑んでいるだけだと思ったけど、こうして見るととても表情豊かで活《い》き活《い》きしてらっしゃるわ」

聞こえてくる感想に、作戦成功とばかりにエイベルが満面の笑みを浮かべた。

広い中庭をゆっくりと巡《めぐ》りながら、花を眺《なが》めたり、噴水《ふんすい》に手を翳《かざ》してみたりと、存分に仲がいいところを見せつけた二人がそろそろ切り上げようと思った時、それは起こった。

ふらりと一人の男が中庭に足を踏《ふ》み入《い》れた。そして二人がいる方に近づいてくる。誰も見とがめなかったのは、彼が本宮を警備する第一師団の軍装――それも士官クラスの服を身に着けた兵士だから。そして、警備兵たちの見知った顔だったからだ。そのため、ジークハルトたちに近づいていくのを見ても、誰もおかしいとは思わなかった。――何かの伝言をジークハルトに伝えるためにやってきたのだろうと思われたからだ。

最初に男の様子が変だということに気づいたのはジークハルトのすぐ後ろで警護していた専属護衛騎士のキルトだった。カテリナの実兄《じっけい》で、表向きはただの護衛騎士だが、彼もまた『影』に所属している。

「陛下、お下がりください。危険です！」

キルトは剣《けん》の柄《つか》に手をかけながら二人の前に出る。同じく兵士に気づいたジークハルトが、ロイスリーネを庇《かば》うように抱きしめた。

「え？　何事？」

そこでようやくロイスリーネも近づいてくる兵士に気づいた。のそりのそりと、でもまっすぐに近づいてくる。男の視線は二人に――いや、ロイスリーネにぴたりと据《す》えられていた。

ロイスリーネは息を呑《の》んだ。男の標的が自分だと分かったからだ。

「あれは、本宮警備隊の小隊長の……」

「はい。小隊長の一人でボルダーという男です。陛下、お気をつけください、奴は王妃様を狙っています」

「陛下！」

「お二人をお守りしろ！」

「エマ、王妃様は必ず守るから、騎士たちの邪魔にならないように、侍女たちを下がらせて！」

「は、はい！　分かりました！」

後ろに控えていた者たちも男の様子がおかしいことにようやく気づいたらしい。騎士たちがジークハルトたちを守るように取り囲む。エイベルはエマたち侍女に後ろに下がるよう指示していた。

「ボールダー、止まれ！　止まらないなら陛下たちに対する害意ありとみなす」

キルトが男に向かって警告を発するが、止まる気配はない。足元が見えていないのか、男は花壇《かだん》の中に踏み込んで、草花を荒《あ》らしながら進んでくる。

「……殺さないと……王妃、殺さないと……」

ボールダーはブツブツと呟きながら、どんどん近づいてきた。

ロイスリーネはボールダーの顔を見て、その無表情さにぞっと背筋を震《ふる》わせた。殺意もなければ、興奮も、恐怖《きょうふ》も、何もない。まるで人形のようだ。そのくせ、目だけが金色にキラキラと輝《かがや》いている。

——ん？　金色？　この人の目、金色だったかしら？

その男に、ロイスリーネは見覚えがあった。名前は覚えていなかったものの、直接ねぎらいの言葉をかけたこともある。その時の、嬉しそうに笑っていた男の目は金色だっただろうか。

——詳《くわ》しい色は覚えていないけど、茶色っぽかったような……？

「様子が変だな。操《あやつ》られているのかもしれない」

ジークハルトがポツリと呟いた。

「キルト、なるべくボールダーを殺さずに捕《と》えてくれ。調べる必要がある」

「承知しました」

ロイスリーネはハラハラしながらキルトの背中を見つめる。

軍の中でも花形とされている第一師団の、それも本宮警備隊の小隊長を任されているくらいだ。ボールダーはきっと強いのだろう。

――生《い》け捕《ど》りにするのは、たぶん殺すより難しくて技術がいるのだと思う。どうかキルトや皆がけがをしませんように……！

「殺す……殺さないと……」

呟きながらボールダーは腰に差していた剣の柄に手をかける。その時、偶然にもボールダーが踏《ふ》み越《こ》えようとしていた足元のレンガが崩《くず》れた。レンガは花壇と道を分ける目印として置かれただけのものだったので、とても崩れやすかったのが幸いした。

ボールダーの身体がぐらつく。その隙を見逃《みのが》すキルトではない。

「今だ」

キルトは目にもとまらぬ速さで男の懐《ふところ》に入り、その腹に向かって拳《こぶし》を叩き込んだ。ボールダーは慌《あわ》てて剣を抜こうとしたが、その隙すら与えない電光石火の早業《はやわざ》だった。

「がっ、はっ……！」

殴《なぐ》られた衝撃《しょうげき》でボールダーは数メートルほど吹き飛んだ。体勢をととのえる暇《ひま》もなく、他の護衛騎士たちが飛びかかり、あっという間に彼を拘束《こうそく》する。

「放せ！　殺さなければならない。殺さなければならないんだっ」

ボールダーは護衛騎士たちに押さえつけられながらもなおもブツブツと呟いている。そのくせ、顔は表情を失ったように動かないので、異様な光景だ。

「他に仲間……は、いる気配ないな。単独犯か……」

ジークハルトは油断なくロイスリーネを腕の中に庇いながらエイベルに命じた。

「エイベル、ライナスを呼んでくれ。洗脳魔法や魅了術にかかってる可能性が高い。調べてもらうんだ」

「了解《りょうかい》。すぐに呼ぶ」

エイベルが『心話』で王宮のどこかにいるライナスに呼びかける。だが、事情を説明したとたん返ってきたのは意外な言葉だったようで、顔色が変わった。

「…………って、え？　ミルファ嬢が？　は？　わ、分かった。すぐに遠ざける！　ジーク……じゃなかった、陛下！　すぐにボールダーから手を離して、近づくなとライナスが言ってる！　ミルファ嬢によると、この呪いは近づいた者にも感染《かんせん》していくんだって！　完全に取り込まれたら操られてしまうだろうって！」

「何だと⁉」

それを聞いたジークハルトの判断は早かった。ボールダーを拘束していた護衛騎士たちに離れるよう命じる。騎士たちはボールダーから慌てて離れた。

だが、ボールダーは後ろ手に縄をかけられたものの、未《いま》だに操られたままだ。彼はよろよろと立ちあがり、再びロイスリーネ目がけて歩き始める。

護衛騎士たちがジークハルトとロイスリーネを守るために取り囲むものの、近づいてはならないため、攻めあぐねている。

「……殺すしかないのか……」

ジークハルトが苦渋《くじゅう》の決断をしようとしたその時だ。ロイスリーネは凛《りん》とした口調で命じた。

「レーヌ、ボールダーの足止めをして。止めるだけでいいわ」

次の瞬間《しゅんかん》、ボールダーの歩みが止まった。彼は前を進もうとするも、地面に縫《ぬ》いとめられたように足が動かない。

「え？　ま、魔法か？」

息を呑んで見守っていた者たちが戸惑《とまど》ったように呟いた。彼らは誰かが魔法でボールダーの足止めをしたのだろうと思った。そうとしか見えなかったのだ。

けれど実際は違う。ボールダーの足を止めたのは、透明《とうめい》で頑丈《がんじょう》な糸だ。

「レーヌ」ことカテリナは趣味の裁縫を生かした針と糸を自分の武器として扱う。剣もナイフも魔法も使えるが、彼女がもっとも得意とするのがこの操糸術《そうしじゅつ》という特殊《とくしゅ》な技《わざ》だ。

カテリナはロイスリーネに命じられると同時に周囲にいた侍女仲間に気づかれることなく針と糸を使い、ボールダーの足を地面に縫いとめたのだった。

「ありがとう、レーヌ」

ロイスリーネは後ろにいる侍女の中に紛《まぎ》れているであろうカテリナに感謝の言葉を囁くと、ジークハルトを見上げた。

「陛下、ボールダーの近くに行きたいのですが」

「ロイスリーネ？　一体何を……？」

「彼を解放してあげたいだけ。大丈夫。ほんの少し近づくだけだから」

「……分かった。だが俺も一緒に行く」

ジークハルトはしぶしぶ承諾《しょうだく》して、ロイスリーネを庇うように抱きしめたままボールダーに向かって歩き始めた。

「陛下、危険です」

「大丈夫だ。キルト、距離は取るから。お前たちは少し離れていてくれ」

「……分かりました」

盾《たて》になるべくロイスリーネたちとボールダーの間に立ちふさがっていた騎士たちは、戸惑いながらジークハルトの命令に従って離れていく。

ロイスリーネとジークハルトは地面に足を縫いとめられたままのボールダーに人一人分

の距離を置いたところで立ち止まると、彼をじっと見つめた。

「殺さないと……殺さないと……」

呟くその目は金色に染まったまま。

「どうするんだ?」

「『還元《かんげん》』を使います。勘ですけど、たぶん、私なら解ける気がするんですよね」

勘というより確信に近い。

——我ながら、不思議だ。ギフトを持っているという自覚もないのに、できると感じるなんて。でも助けられると分かる。どういうわけか。

助けられるのであれば、ロイスリーネはボールダーを救いたかった。このまま正気に戻らなければ、ジークハルトは「殺す」か「死ぬまで閉じ込める」という選択肢《せんたくし》しか選べなくなる。そんな選択をさせたくない。

「だが人前で『還元』のギフトを使うのは……」

今までロイスリーネがギフトを使った場面を目撃したのは限られた人——それも信頼《しんらい》できる者や『影』たちの前でだけだ。そのため、ロイスリーネのギフトが外にバレることはなかった。

だが、こんな不特定多数が見ている場所で使っては気づかれてしまうかもしれない。

懸念《けねん》を示すジークハルトにロイスリーネは微笑んだ。

「大丈夫です。ギフトは目に見えないですから。私はただ正気になるようにと祈《いの》るだけです。心配いりませんって」

明るく言うと、ロイスリーネはボールダーに向き直った。

「殺さないといけないんだ……殺して……そして……」

ボールダーはうわごとのように繰り返しながらロイスリーネに向かって行こうともがく。けれどカテリナの糸はそう簡単に切れるものではなく、彼は一ミリもロイスリーネに近づくことはできなかった。

「ボールダー、私が労《ねぎら》いの言葉をかけるとあなたは嬉しそうに笑っていましたね。覚えていますよ。この仕事に誇《ほこ》りを持っていると、そう言っていました。そんなあなたを貶《おとし》めるような悪意ある力に負けないでください」

言いながらロイスリーネは胸の前で両手を組んで、祈った。

――『還元』のギフトよ、どうか彼の心を操られる以前に、本来のボールダーに戻してあげて……！

胸《むね》の奥がほんのりと温かくなった。

以前にも覚えのある感覚。たぶん、これが『還元』のギフトの発動の合図なのだろう。

知らぬ間にロイスリーネが何度も使っていて、少しも気づいていなかった、夜の神の持つ権能。

祈りに触発《しょくはつ》されて、ロイスリーネの中にある『還元』――いや、『破壊《はかい》と創造』の力が呼びさまされる。

人の目では見ることができない「力」が発動し、ボールダーの心と体を縛《しば》っている『強制力』を吹き飛ばしていった。ロイスリーネはそれを感知した。ロイスリーネの目を通して一連のことを見ていた存在もまた同じように『破壊と創造』の力が動いたことに気づいた。……そして、少し離れた場所でボ、ー、ル、ダ、ー、を通して見ていた者もまたそのことに気づいていた。

ボールダーの目が金色から本来の茶色に戻っていく。それと同時に無表情だった顔に安《あん》堵《ど》と狼狽《ろうばい》の表情が浮かんだ。

「！　正気に戻ったのね！」

――間違いない。目の色も変わっているし、元のボールダーだわ！

「……王妃、様。申し訳、ありません……。申し訳……」

そこまで言ってボールダーは地面に倒《たお》れ込んだ。おそらくキルトに腹を殴られた影響もあるのだろう。ボールダーは気を失っているようだった。

ジークハルトが周囲に命令を飛ばす。

「ボールダーを医務室へ運べ！　もう妙な気配はないから、触れても操られることはないだろう。エイベル、念のためライナスと『解呪の聖女』ミルファにボールダーを視《み》るよう

に言ってくれ」

「了解！」

指示に従って護衛騎士と騒ぎを聞きつけて現われた兵士たちがボールダーを運んでいく。万が一のことを考えて後ろ手に縛った縄を解《ほど》くことはできないが、治療《ちりょう》に支障はないだろう。

「……とんだデートになってしまったな」

中庭から運び出されていくボールダーを見ながらジークハルトは囁いた。

「そうですね。あ、そうだわ。一応フォローしておかないと」

騒然《そうぜん》としている中庭を見回してロイスリーネは声を上げた。

「皆、心配はいりません。何者かによって操られていたボールダーですが、精神力の賜物《たまもの》で自力で正気に戻ることができたようです。もう心配はいらないでしょう。……陛下」

最後に小さな声で促すと、ロイスリーネの意図を理解したジークハルトも声を張り上げた。

「卑劣《ひれつ》にもボールダーを操って私たちを襲《おそ》うように仕向けた者は、私や将軍、それに魔法使いたちが必ず見つけて罰《ばっ》する。皆も安心してくれ。だがもし万が一様子が怪しいと思われる者がいたら近づかないように。ボールダーのように自力で洗脳術を解くにはかなりの精神力が必要だ。無茶をせず、その旨《むね》知らせてくれ。分かったな？」

「はい、陛下！」

「承知いたしました、陛下」

「怪しい者がいたら報告いたします！」

見物人から声が上がる。

――ふふ、これでボールダーは自力で正気に戻ったことにできたわ。私はギフトを持っていないし、魔法も使えないということになっているのだから、私が治しただなんて誰も気づきはしないという寸法よ。

「これで万事《ばんじ》ＯＫですね、陛下」

得意げに言うと、ジークハルトは口元をゆるめた。

ほんのわずかであったが、無表情がデフォルトのジークハルトにとって最大限の感情の表現だっただろう。

「……ありがとう、ロイスリーネ。操られていたとはいえ、王族を害そうとしたボールダーを無罪放免《ほうめん》にすることはできなかった。だが、君が自力で正気に戻ったという筋書きにしてくれたおかげで、必要最低限の罰《ばつ》ですむだろう。優秀《ゆうしゅう》な部下を失わずにすむ。本当にありがとう、ロイスリーネ」

「っ……、お、王妃として当然のことをしたまでですから」

「そうか。さすが俺の王妃だ」

「っ、あ、ありがとうございます、陛下」

顔がにやけてしまうのをどうにかこらえながらロイスリーネは答えた。

――どうしよう、すごく嬉しい！

ジークハルトに相応しい王妃だと、胸を張っていいのだと言われた。そんな気がした。

「さて、とんだ邪魔が入ったデートになったが、目的は十分果たしたみたいだし、ここは騎士たちにまかせて我々は戻ろうか」

「そうですね。戻りましょうか」

ロイスリーネはジークハルトに寄《よ》り添《そ》った。てっきり来た時のように手を差し出されてエスコートされるものと思いきや、ジークハルトは自然な様子でロイスリーネの腰に腕を回して引き寄せる。

あちこちから黄色い声が飛んだような気がしたが、ロイスリーネはそれどころではない。

――ぴゃあああ！　腰抱《だ》かれてる！　こ、この距離いいの？　いいのかしら⁉

内心で照れまくり、悶《もだ》えまくるロイスリーネに、ジークハルトはそっと耳を寄せて囁く。

「夫婦なら当然のふれあいだ。部屋まで送るから、周囲の人間に散々見せびらかしてやろう」

コクコクと頷くロイスリーネの顔は真っ赤に染まっていた。

寄り添い合いながら中庭を去っていく国王夫妻を、見物人たちは拍手喝采《はくしゅかっさい》で見送った。

再び命を狙われてしまったロイスリーネだったが、けがの功名というか、この出来事のおかげで評判は上がった。

ボールダーが自力で正気に戻れたのはロイスリーネの呼びかけが彼の心を奮《ふる》い立たせたからだと見物人たちが触れ回ったからだ。

それにボールダーに襲われそうになった時、とっさにジークハルトがロイスリーネを自分の腕の中に引き寄せて庇ったことで「二人の仲は良好である」と印象づけることもできた。

これによりこの後、一部の新興貴族たちの主張は愚《ぐ》にもつかない戯言だと受け止められるようになったのだ。

こうしてエイベルの計画は、予想以上の成果をもたらすことになった。

「……あら、障害にもならなかったわね」

王都の一角にあるこじんまりとした屋敷《やしき》の客室で、唐突にエリューチカが呟いた。

今夜行われる夕食会について打ち合わせをしていたスフェンベルグの外交官はきょとんとして聞き返す。

「今何か仰いましたか？　エリューチカ殿下」

エリューチカは外交官に向かってにっこりと笑って首を横に振った。

「いいえ、何も。ところで今日の招待客のリストはこちらですか？」

白くほっそりとした指がテーブルに置かれた紙を拾い上げる。外交官は頷いた。

「はい、そうです。……でもあの、招待するのは本当にこれらの新興貴族たちでいいのでしょうか？　彼らのほとんどが外国からの移民の子孫で、功績を残して叙爵《じょしゃく》されたものの、たいした地位にいるわけではありません。やはり、もっと爵位の高い貴族をお呼びした方が――」

「いいえ、この方たちで良《い》いのです。私たちだって他国の者ですもの、通じ合える部分が多いと思いますわ。……それに、ルベイラに代々住む貴族は忌々《いまいま》しい亜人《あじん》の血を引いていて、私の『強制力』が効かないのだもの」

後半の言葉はほんの小さな声で呟かれたものだったので、外交官の耳に届くことはなかった。

「そうですね。新興貴族たちの方が、エリューチカ殿下がどれだけすばらしいお方か理解しているようですからね。これからも積極的にお招きしていきましょう。そしてぜひともエリューチカ殿下をこのルベイラの王妃に……！」

本国がルベイラに一方的に申し込んだ縁談《えんだん》にあれだけ困惑《こんわく》していた外交官だったが、その時のことはすでに頭にないようだ。今の彼はエリューチカに心酔していて、彼女の望み通り「エリューチカ王女をルベイラの王妃に据えること」しか頭にない。

ジークハルトの不興を買っていることも、ルベイラの上層部が両国の友好関係の破棄《はき》を検討していることも、情報としては届いているのにまるで気にしていなかった。

エリューチカ王女をルベイラの王妃にすることができれば、そんなことは些細《ささい》なことだと気楽に考えている。……慎重派《しんちょうは》で知られる本来の彼であれば、なんとか友好関係を維《い》持《じ》しようと今頃《いまごろ》は奔走《ほんそう》していたであろうに。いくら新興貴族たちを味方にしようと、すでに王妃のいるジークハルトにエリューチカ王女を娶《めと》らせることは不可能だと、分かっていたであろうに。

けれど外交官は気にしない。エリューチカの言う『強制力』が本来の彼の思考を捻《ね》じ曲《ま》げているからだ。

「大丈夫ですよ、私にまかせてください」

「ふふふ、期待しておりますわ」

エリューチカが微笑む。その青い瞳《ひとみ》に金色の光がチカチカと瞬《またた》いていることに、外交官や控えている侍女たちが気づくことはない。

ただ一人、応接室の隅《すみ》にたたずむエリューチカ専属の護衛騎士を除いては。

専属騎士はエリューチカの背中を見つめ、ぎゅっと唇を噛《か》みしめる。その瞳は何らかの決意に溢《あふ》れていた。

# 第五章　浸食していく『強制力』

　中庭で騒《さわ》ぎが起きるほんの少し前、ルベイラの王宮内にある魔法使《まほうつか》いたちの塔《とう》――といっても外見は至って普通《ふつう》の館《やかた》――で、ライナスは聖女ミルファを迎《むか》えていた。

「早々に来てくれて感謝します、ミルファ嬢《じょう》」

「ライナスさんには日ごろからお世話になっていますもの。時間も空《あ》いていましたし、私でよければいくらでもお手伝いします！」

　偽《にせ》聖女イレーナの事件で名前が知られるようになり、『解呪《かいじゅ》の聖女』としてすっかり引く手あまたとなったミルファだが、カーティス経由で助力を要請《ようせい》したところ、すぐさま王宮にやってきてくれた。

「一部の貴族がどこかの王女をジークハルト陛下《へいか》の王妃《おうひ》にって騒いでいるという噂《うわさ》を聞きまして、心配していたんです。陛下に相応《ふさわ》しいのはリーネさん……いえ、王妃様だけなのにって」

「たいていの者たちが単なる戯言《たわごと》だと思って相手をしていないのですが、少しずつそう言いだす人間が増えてきました。それが妙《みょう》に作為的《さくいてき》な広がり方なのです」

「それで、もしかしたら何らかの呪《のろ》いかもしれないってことなんですね」

「少なくとも魔法《まほう》ではないようです」

自分が呼ばれた理由を確認《かくにん》してミルファは納得《なっとく》した。

魔法が原因であるなら、ライナスたちがどうにかして原因を突《つ》き止《と》めていただろう。魔法ではない別の何かが原因だからこそ、それを確認するためにミルファが呼ばれたのだ。

「視《み》るのは魔法使いの方なんですよね？」

「はい。一通り検査したところ、何も検出されなかったので通常業務に戻《もど》っています。が、話しかけるたびに『この国の王妃に相応しいのはエリューチカ王女だと思う』などと言うので、周囲には敬遠されているようです。本来、そんなことを言う性格ではなく、政治のことには無関心だったんですよ」

彼に限らず王宮に勤める魔法使いたちは基本的に魔法に関することで頭がいっぱいで、政治には疎《うと》い。ライナスは長なので政治とはある程度関わらざるを得ないが、ほとんどの魔法使いは——たとえ貴族出身であってもほぼノータッチだ。話題にすら出さない。

それだけに件《くだん》の魔法使いの言動は異常に見えるのだ。

「彼は今、図書室で『東方魔法理論』を書き写しています」

魔法使いたちの塔にある図書室には、大陸中から集めた魔法書や魔法理論について書かれた本が収められている。そのどれもが希少なものなので、持ち出しは禁止だ。

だが、魔法の研究や開発をする上では、どうしても書物が必要になる。そんな時に使われるのが写本だ。例の魔法使いはそうした貴重な書物を写本する部署に所属している。

「本人に気づかれるとやっかいなので、ミルファ嬢には少し離《はな》れたところから視てもらいたいのです」

ライナスはミルファを図書室に案内した。

図書室といっても、その規模はかなり大きい。まるで図書館といっても差《さ》し支《つか》えない大きさだ。天井《てんじょう》は高く、吹《ふ》き抜《ぬ》けになっている。壁《かべ》はほぼすべて棚《たな》で、所狭《ところせま》しと本が並べられており、ミルファは圧迫感《あっぱくかん》すら覚えた。

だが、ここに置かれたほとんどの本が写本で、部屋に置かれているのとほぼ同じ数の本物の書物が別の場所に保管されているというから驚《おどろ》きだ。

「圧倒《あっとう》されます……」

ファミリア神殿《しんでん》の中にも図書室はあるのだが、これほどの規模ではない。

「王宮の図書館はもっとすごいですよ。古今東西の本を集めてありますから。……ミルファ嬢、あそこに座っているのが例の魔法使いです」

小さな声で囁《ささや》くと、ライナスは指をさした。

壁だけでなく、部屋の中にも比較的《ひかくてき》低い棚がいくつも並べられており、その合間合間に閲覧《えつらん》用の机と椅子《いす》が置かれている。そんな机の一つに、王宮魔法使いのローブを身に着けた若い男性が座っていて、熱心に本を書き写していた。

「開けば何が起こるか分からない魔法書もあるので、多くの場合は結界を施《ほどこ》した特別な部屋で書き写しますが、今回は魔法理論なので図書室で作業を行うように指示しております」

　さすがに何が起こるか分からない部屋にミルファを入れるわけにはいかない。そこで苦肉の策として図書室で写本ができるものをと選んだ結果だ。

「あの人が……視てみますね」

　以前は常に『解呪』の祝福《ギフト》を発動させて、いやおうなく呪いを視てしまっていたミルファだったが、ロイスリーネの母親のローゼリアから教えを受けて訓練したことで、自分の意志で制御《せいぎょ》できるようになっていた。

　ふうと深呼吸をすると、意識を集中させて己《おのれ》のギフトを発動させる。そして改めて件の魔法使いを視た。

「…………！」

　ミルファは息を呑《の》んだ。

　魔法使いの身体《からだ》に呪いの紐《ひも》はかかっていない。だが……。

「金色の……靄《もや》？」

金色の何か淡《あわ》く光るものが魔法使いの全身を覆《おお》い尽《つ》くしていた。遠目すぎて靄がかっているように見えるが、キラキラと煌《きら》めいているところを見ると、砂のような細かい微粒《びりゅう》子《し》なのかもしれない。とにかくその得体の知れないものが例の魔法使いの頭から足先までを包み込んでいたのだ。そのため、ミルファには魔法使いの姿がかすんで見えた。かろうじて輪郭《りんかく》だけは分かる程度だ。

『解呪』のギフトを発動するとミルファの目には呪いはすべて紐状になって映る。実際は呪いが紐状なのではなくて、見える形は人によって異なる。

ローゼリアはミルファに近い形――「糸」に見えるという。他の地域に暮らす『解呪』のギフトを持った聖女は入《い》れ墨《ずみ》のように肌《はだ》に刻印された状態で見えるらしいので、やはり人それぞれなのだろう。

だから、何かの「呪い」や魔法であれば、ミルファには紐に見えているはずなのだ。けれど、今ミルファの目に映っているのはまったく異なるものだった。

――何、あの靄は……。

正体は分からない。紐の色や太さや形状を見れば、大方の呪いのことは判別できるようになったミルファでも、これはまったく未知のものだ。

――でも、なんとなく感じる。アレはだめ。私の手には負えない。あれは人を浸食《しんしょく》するモノだわ……！

「ラ、ライナスさんっ」

ひとまず見えて分かったことを報告しようとしたミルファの目に、件の魔法使いに近づいていく二人の男性の姿が映った。同じように魔法使いのローブを着ているので、同僚《どうりょう》なのだろう。

ギフトを通した目にも二人の魔法使いたちに紐はかかっておらず、まったく正常に見えた。

「ペッパー、そろそろ休憩《きゅうけい》をした方がいいぞ」

「お前、昼食も摂《と》らなかっただろう？　いくら休暇《きゅうか》明けで仕事が遅《おく》れ気味だからといって、根を詰《つ》めすぎるのはよくないぞ」

どうやら二人の魔法使いは彼の友人で、休憩するように忠告するために声をかけてきたらしい。距離《きょり》がぐんと近くなり、件の魔法使いの斜《なな》め後ろに二人が立った次の瞬間《しゅんかん》、それは起こった。

金色の靄が蠢《うごめ》き、なんと後ろにいた二人の魔法使いの方に漂《ただよ》っていくではないか。

「っ！」

靄は二人の身体を取り巻いた。

けれどその次に起こったのはまったく異なる反応だった。手前側、つまり件の魔法使いの一番近くに寄った男性に襲《おそ》い掛《か》かった靄は、何かに弾《はじ》かれるように離れて元の魔法使いの方に戻っていく。

一方、もう片方の魔法使いを取り巻いた靄はそのまま彼の顔付近に留《とど》まったままだ。それほど量はかかっていないため、件の魔法使いのようにおぼろげな姿になることはないが、それも時間の問題だろう。

「それよりも、エリューチカ殿下の方がこの国の王妃に相応しいと思うんだが、お前たちはどう思う?」

件の魔法使いがいきなり言うと、金色の靄を弾き返した方の男性が顔をしかめた。

「お前、またそれか。本当におかしいぞ。何か変な魔法でもかけられているんじゃないか?」

「まぁ、まぁ。だが、確かにエリューチカ王女は美人だよな。華やかさもあるし」

金色の靄に包まれつつある魔法使いが取り成すように言う。するとその言葉に呼応するように、彼を取り巻く金色の靄が濃くなった。

「おいおい、お前まで何を言ってるんだよ」

「いや、一般論としてだな……」

三人の会話を聞きながらミルファは確信する。きっとあの靄が原因だと。片方の人に取《と》り憑《つ》いて、もう片方の人に弾かれた理由までは分からないが、王宮内で面識のない人まで次々とエリューチカ王女に傾倒《けいとう》していくのはあれが原因だろう。

「っ、ライナスさん！　今すぐあの二人を件の魔法使いの人から離してください！　誰《だれ》も近づいちゃだめです！　あれは……呪いと言っていいのか分からないけど、アレは近づく人に取り憑いて感染《かんせん》させていくようです！」

慌《あわ》ててミルファはライナスに説明する。うまく言葉にできないのがもどかしい。が、拙《つたな》い言葉でもライナスに緊急性《きんきゅうせい》と脅威《きょうい》は伝わったようだ。

「分かりました。『心話《しんわ》』で伝えましょう」

「一人の方はすでに感染しかかっています。あの人も一応隔離《かくり》した方がいいと思います」

「すぐに手配します！」

……エイベルから連絡《れんらく》が入ったのは、魔法使いの塔が騒然《そうぜん》となり、ライナスが手配に追われている、そんな最中のことだった。

「想像以上に問題は深刻だったようだな」

中庭の事件から一時間後、ジークハルトの執務室《しつむしつ》に集まったロイスリーネたちは一様に表情を曇《くも》らせていた。

ライナスが沈痛《ちんつう》な面持《おもも》ちで口を開く。

「申し訳ありません。これほどとは思っておりませんでした」

カーティスが首を横に振る。

「ライナス、あなただけのせいではありません。私たちもまったく気づいていなかったのですから」

「その通りだ、ライナス。気に病《や》む必要はない。責任があるとすればそれは王である俺にある。これほど深刻だと予想だにしなかったのだから」

ジークハルトはライナスに取り成すように言うと、改めて皆《みんな》の顔を見まわした。

「ひとまず問題を整理しよう。ライナス、ミルファ嬢が確認したことを報告してくれ」

「はい。ミルファ嬢から金色の靄のことを聞き、件の魔法使いペッパーを隔離したのち、改めてミルファ嬢に魔法使いたちを視てもらったところ、何人か金色の靄がかっている者がいたようです。それほど濃《こ》くはなかったそうなので、いずれもペッパーから感染したものと思われます。それと、帰る時にもミルファ嬢に王宮内を視てもらいましたが、何人か金色の靄に感染している者がいたそうです。そのほとんどがエリューチカ王女付きの侍女や護衛の騎士連中か、新興貴族たちのようです。そして……」

ライナスはほんの少し言いにくそうにしていたが、意を決したように続けた。

「彼らから感染したと思われる靄の保持者も、王宮内で何人か確認されました」

「そうか……」

話を聞きながらロイスリーネは「最悪だわ」と心の中で呟《つぶや》く。

——あちこちで金色の靄に感染しているということは、彼らはそのうちみんなエリューチカ王女の支持者になってしまうというわけでしょう？　それって笑えないわ。

「エリューチカ王女を王妃に」という声が多くなれば、ジークハルトだってそのうち無視できなくなるかもしれない。

——冗談《じょうだん》じゃないわ。まったく！

「エリューチカ王女と面識がない者たちまで『王妃に』などと言い出しているのはなぜかと不思議だったのですが……理解できました。人から人へと伝播《でんぱ》していくのであれば、面識がなくともそうなるでしょう」

なるほどというようにカーティスが頷《うなず》く。

「王妃様を狙《ねら》ったボールダーの状態もそれで説明がつきます。彼はエリューチカ王女の警護には関わりがなく、面識もない。けれど、エリューチカ王女付きの侍女《じじょ》になった者と婚《こん》約《やく》していて、近々婿《むこ》になる予定でした。おそらくその婚約者から感染したのでしょう」

本宮で働く者同士だ。いくらでも会う機会はあるし、すれ違《ちが》いざまに会話を交《か》わすこともきっと多かったはずだ。接触《せっしょく》が多ければ多いほど金色の靄を浴びて浸食《しんしょく》されていくのであれば、ボールダーのあの状態も納得できる。

——でもこれってマズいのでは？　エリューチカ王女を支持するだけならまだしも、ボールダーのようにある日いきなり私を襲ってくるということもあるわけでしょう？　もうすでにボールダーから別の警備兵に多数感染している可能性もある。そうなったら身を守ってくれるはずの護衛騎士や兵士に突然《とつぜん》剣《けん》を向けられることもあるかもしれない。

誰も彼もが敵になる可能性があるということに、ロイスリーネはゾッとなった。

——あ、でも待って。感染しなかった人もいたわよね？

「報告では金の霧を弾いた人もいたとか。どういう違いなのかしら……？」

ポツリと呟くと、ジークハルトが同意するように頷いた。

「その理由がはっきりすれば対処法も分かるし、解決できるかもしれない」

「うーん……」

——身分の違いは関係ないわよね。だって魔法使いは平民出身も多いけれど、貴族出身もいるし……。ただ高位の貴族でおかしくなっている人はあまりいないのよね。

ジークハルトたちもしばらくその理由を考えていたようだが、誰も答えを出すことはできなかった。

「八方ふさがりだな。これ以上感染が広がらないうちにどうにか食い止めたいんだが……」

大きなため息をジークハルトがついた時だ。どこか能天気な声が執務室に響《ひび》く。

「やだなぁ、ジークってば、対処法はあるでしょ？」

「エイベル？」

そう、能天気な声で発言したのはジークハルトの後ろに控《ひか》えていたエイベルだった。彼はにこにこしながらロイスリーネを指さす。

「忘れたの、ジーク。僕らには王妃様がいるじゃないか。ボルダーを正気に戻したのは王妃様でしょ。ということは……」

「『還元《かんげん》』ね！」

ロイスリーネは身を乗り出した。カーティスが頷く。

「そういえばそうですね。魔法でもない、呪いでもない『金色の靄』ですが、王妃様なら『還元』のギフトを使って消すことが可能です。王妃様、前のように王宮内を歩いていただけますか？」

前のようにというのは偽聖女イレーナの時のことだろう。あの時ロイスリーネはイレーナが一部の貴族たちにかけた魅了術《みりょうじゅつ》を解くために王宮内を歩いて回ったのだ。

「俺からも頼《たの》む、ロイスリーネ。もちろん警備も厳重にするし、リグイラに言って『影《かげ》』の数も増やす。決して君には危害を加えさせないから」

ジークハルトの言葉にロイスリーネは胸を張って頷いた。

「はい、陛下。私でお役に立てるのなら、何時間だって王宮内を練り歩きます！」

「いや、そんなに歩く必要は……」

「職業柄《がら》、脚力《きゃくりょく》や体力には自信があるんです。ウェイトレスはずっと立ってなくちゃいけないし、ずっと動き回っていますから！」

「いや、あなた（君）の職業はウェイトレスではなくて王妃だ（です）からね？」とロイスリーネ以外の全員がそう思ったが、張り切った彼女の様子に、口を挟《はさ》む者はいなかった。

「さて、金色の靄のことは王妃様のおかげでなんとかなりそうです。問題は、その大元ですね」

カーティスが話題を変えるように改まった口調で言った。

「十中八九エリューチカ王女とその周辺だよね。追い出せばすむんじゃないかという気もするけれど」

とエイベル。その言葉に、いや、と首を横に振《ふ》ったのはジークハルトだ。

「目に見えないものだし、エリューチカ王女の仕業だと断定されたわけじゃない。下手なことを言って王女を追い出したとなれば国際問題になる。教皇との仲が微妙《びみょう》な今、なるべくつけ入られそうな隙《すき》は見せたくない」

「あー、そうだね。教皇様、失われた面目《めんぼく》を取り戻そうと、頼まれもしないのに介入《かいにゅう》してきて引《ひ》っ掻《か》き回《まわ》してくる恐《おそ》れがあるよね」

「ああ」

ジークハルトが渋《しぶ》い顔になる。大国ルベイラであっても大陸中に大勢の信徒を抱《かか》えるファミリア大神殿《だいしんでん》の機嫌《きげん》を損《そこ》ねるわけにいかず、失地回復しようと躍起《やっき》になっている教皇を持て余している状態だ。何か事が起きて、大神殿が介入してくる事態だけはどうしても避けたかった。

「金色の靄を対処しつつ、確実な証拠《しょうこ》を得るか、エリューチカ王女が帰るのを待つかしかありませんね。スフェンベルグに行っているマイクとゲールが何か有益な情報を摑《つか》んでくれれば、こちらも反転攻勢《こうせい》ができるのですが……待つだけというのは、本当にもどかしいですね」

カーティスはそう言うと、執務室の窓ガラスの外——はるか遠いスフェンベルグの地がある方を見てため息をついた。

スフェンベルグに潜入《せんにゅう》しているマイクとゲールだが、こちらも足踏《あしぶ》み状態だった。

「うーん、全体的におかしいという情報は出てくるんだが、大元がまったく見えねえな」

宿屋の屋根の上に立ち、スフェンベルグの王宮を眺《なが》めながらゲールが言えば、その横で寝《ね》そべっているマイクも同意した。

「だな。『影』の奴らも相変わらず記憶喪失《きおくそうしつ》のままで、詳細《しょうさい》を聞き出すこともできないし」

「王女が鍵《かぎ》を握《にぎ》っているのは確かなんだが、はっきりしない。そもそも王女は魔力《まりょく》がないという話だしな。それに、スフェンベルグには妙な洗脳状態の奴らがうじゃうじゃいる。遠く離れたルベイラでスフェンベルグの連中をどうやって操《あやつ》っているんだ？」

「普通は無理だ。かといって調べても、突然うちの陛下を好きだって言い始めるまで怪《あや》しい人物が近づいた形跡《けいせき》はナシ、と」

「クロイツ派の残党の仕業かと思ったけど、その片鱗も出てこないんだよなぁ。かぁー！これ以上どうしろっていうんだ！」

ゲールは両手で髪《かみ》をくしゃくしゃに乱しながらわめいた。ルベイラに定期連絡することを思うと胃が痛くなる。

「このままじゃ女将《おかみ》にどやされるだけじゃなくて、副隊長にミンチにされそう……って、ありゃなんだ？　魔法？」

屋根の上に立っていたゲールは、すぐ近くで放たれた魔法の気配に気づいた。探すと、宿屋のすぐ近くの狭い通路で何者かが争っているのが見えた。先ほど感じた魔法はどうやらその中の一人が威嚇《いかく》のために放ったものだったらしい。

「ケンカか……？　いや、たった一人を複数で襲っているみたいだな」

「なんだと⁉」

マイクが飛び起きた。

「どれどれ、あ、本当だ。襲われている方が何か言っているな。聞き耳を立てるか」

二人は潜入捜査《そうさ》中で、他人のケンカに関わっている場合ではないのだが、この時はなぜか気になり、魔法で聴力《ちょうりょく》を強化して彼らのやり取りに聞き耳を立てた。

すると襲われている方——服装からいって男で、しかも魔法使いのようだ——が、マイクたちにとっては聞き捨てならないことを口にしていた。

『チッ、ようやく王宮の外に出ることができたのに、直後に強盗団《ごうとうだん》に出くわすとは、これも例の力の妨害《ぼうがい》か？　ええい、そこをどけ！　私は一刻も早く国外に出て、ライナスに真相を伝えなければならないんだ！　くそ、邪魔《じゃま》をすると魔法で吹き飛ばすぞ！』

「……おい、あの兄《あん》ちゃん、今魔法使い先生の名前を言ってなかったか？」

マイクが尋《たず》ねると、同じく耳を強化してケンカの様子を眺めていたゲールが応える。

「言ってたな。そしてあの兄ちゃんに俺、覚えがあるぞ。ライオネル王太子《おうたいし》のお付きとして一緒《いっしょ》にルベイラにやってきた魔法使いの一人だ。魔法使い先生と同郷で、同じ師匠《ししょう》の下で魔法を習っていたとか……」

マイクとゲールは顔を見合わせ、それから同時に屋根の上から飛び降りた。

情報を持っている人間——それもライナスに用があるという者を偶然《ぐうぜん》にも発見できたの

だ。助け出して、恩を売るのと引き換《か》えに情報を引き出すことができるだろう。

「神様なんてあまり信じていなかったが、これも神の采配《さいはい》ってやつかもしれんな！」

「ひゃっほう！」と心の中で喝采《かっさい》を上げながら飛び降りると、二人は強盗団と思《おぼ》しきごろつきたちのところに突進《とっしん》していった。

それから三分も経《た》たないうちに全員を倒《たお》したマイクとゲールは、馬に乗ったままあっけに取られているスフェンベルグの魔法使いに声をかけた。

「けがはないかい、兄ちゃん」

「あ、ああ。ありがとう。助かった」

「兄ちゃん、スフェンベルグの魔法使いでロウワン出身の人だろう？　ルベイラで行われた国王夫妻の結婚《けっこん》一周年祝賀パーティーに王太子殿下《でんか》と一緒に来ていた」

とたんに魔法使いの表情がこわばり、警戒心《けいかいしん》をあらわにした。

「……何者だ。王か大臣……いやそれとも長に雇《やと》われて私の行く手を妨《さまた》げるために現《あら》われたのか？」

二人はその言葉で、彼がここに来るまで数多くの妨害に遭《あ》っていたのだと悟《さと》った。これは「当たり」だと思ったマイクは懐《ふところ》からルベイラ王家の紋章《もんしょう》が彫《ほ》られた魔石《ませき》を取り出す。

「俺たちはルベイラ国王ジークハルト陛下直属の諜報員《ちょうほういん》だ。陛下の命でスフェンベルグで起こっている異変を調査しに来ている。信じられないなら、それで確認してみてくれ。

ルベイラに来たことがあるなら、あんたは陛下の魔力を知っているはずだ」

言いながら魔法使いに魔石を渡《わた》す。その魔石は万が一身元を証明する必要がある時のために、ジークハルトが己の魔力を込《こ》めて紋章を彫《ほ》り、二人に渡したものだった。

スフェンベルグの魔法使いは警戒しながらも魔石を受けとり、手のひらに載《の》せてじっと見下ろす。

「これは……確かに覚えがある。ルベイラの王宮で幾度《いくど》となくジークハルト陛下から感じた魔力だ……」

呆然《ぼうぜん》と呟《つぶや》くと、急に我に返ったように魔法使いは馬から飛び降りた。

「本当にジークハルト陛下の遣《つか》いであれば！ 頼む、力を貸してくれ！」

マイクとゲールの袖《そで》を摑むと、魔法使いは縋《すが》るように言った。

「私はスフェンベルグの王宮付き魔法使いの一人、レオール。ライオネル王太子の命を受けて、他国を経由してルベイラに赴《おもむ》くつもりだった。だが王宮を出るまで何度も……いや、王宮を出てからも妨害に遭ってなかなか王都すら出ることができない。頼む、私を国外に出してくれ！ 詳《くわ》しい説明はそこでする。ここではあの力に遮《さえぎ》られて言えないんだ！」

あまりに必死なレオールの様子に、嘘《うそ》や偽《いつわ》りはなさそうだった。マイクとゲールはさっと視線を合わせて互いの意思を確認すると、レオールに向き直って安心させるように告げた。

「了解《りょうかい》した。あんたは俺たちが必ずスフェンベルグから出してやる」

「大船に乗った気でいな。さて、これ以上の妨害が入らないうちにさっさと出発しよう。悠長《ゆうちょう》にしていると面倒事《めんどうごと》が起こるような気がするからな」

ゲールの言葉通り、このすぐ後に強盗団の仲間が駆《か》けつけてきたが、地面に転がっているのは強盗団の連中のみで、他に誰もいなかった。

ロイスリーネが公務と称《しょう》して王宮中を歩き回るようになって五日後、ルベイラの方でも動きがあった。

「エリューチカ王女の護衛騎士が？　俺に話があると？」

「はい。スフェンベルグの誰にも知られることのないよう、内密に話したいことがあると」

カーティスがいつもの柔和《にゅうわ》な口調で報告してくる。

「どうやらライオネル王太子の書簡を持参している様子。それを自らの手で渡したいのだと言ってきております」

「いつもエリューチカ王女の後ろに控えているあの騎士か」

ジークハルトは謁見《えっけん》の間《ま》で、王女の後ろに控えているがっしりとした体格の男のことを思い出して、眉根《まゆね》を寄せた。

「今さら書簡を？　エリューチカ王女がルベイラに到着《とうちゃく》してから半月は経っているぞ？　預かっている書簡があるならもっと早い段階で渡せたのでは？」

「本人曰《いわ》く、連日エリューチカ王女を護衛するために傍《そば》に侍《はべ》っていたので、なかなか渡す機会がなかったとのことです。ルベイラに来てから休日をもらえたのは今日が初めてだったそうですよ」

ジークハルトは目を見張った。

「今日が初めて？　エリューチカ王女の護衛騎士は一人じゃないだろうに」

いつも同じ護衛騎士が侍っているから警備する者が少ないのかと思いきや、エリューチカ王女は他にも騎士たちを連れてきていたのだ。それなのにどうして半月連続の勤務ということになるのだろうか。

「どうもその護衛騎士――リックという名前だそうです。リックはエリューチカ王女のお気に入りの騎士で、彼の護衛でないと安心して外に出ることができないということで、傍から離さないらしいのです」

「そんな理由でか？」

呆《あき》れたように聞き返すと、『影』から『心話』を使って「確かにリックは休みなくエリユーチカ王女の傍にいた」という報告が入ってきた。

「はぁ、ご苦労なことだ」

常にジークハルトの傍にいるように見えるエイベルだって、一週間に一度、どれだけ忙《いそが》しくても十日に一度は必ず休みを取らせている。ロイスリーネだって、エマにきちんと休日を与《あた》えているのだ。……もっともエマの場合、休日も自らの意志でロイスリーネの傍にいるのだが。

『休みなのでどこで休もうと私の自由です。私はリーネ様のお傍で休暇を取っているだけ。これは仕事ではありません。プライベートです。ええ』

そう言ってどんなに周りに諭《さと》されようと頑《がん》として引かないのだ。……まぁ、休みになるたびにエイベルにデートに誘《さそ》われるのが煩《わずら》わしいという理由もあるのかもしれない。

――だがなぁ。エマの忠誠心には恐れ入るが、ものには限度というものがあるだろう。限度というものが。

もしかしたら事情を知らない周囲には、まるでロイスリーネが休みなしに働かせているように見えているかもしれないと、ジークハルトは少し危惧《きぐ》しているのである。

「そのエリューチカ王女ですが、今日は外交官の屋敷《やしき》には行かずに王宮内に留まる予定のようです」

「だからリックに休暇が与えられたのか」

「つじつまは合いますね。どうやらリックが故意にライオネル王太子からの書簡を届けるのを怠《おこた》ったわけではないようです。で、どうしますか、会いますか？　例の金の靄のことがありますから危険ではありますが」

ジークハルトはしばし思案していたがややあって口を開いた。

「会ってみよう。ミルファとライナスの検証によれば、金色の靄に取り込まれず弾いた者もいるそうだし、ライオネル王太子から預かっている書簡も気になるしな」

「はい。では手配しましょう。ですが陛下、油断なきよう。『影』からの報告だと今のところリックの言動に怪しい点はないそうですが、外見だけでは分かりませんから。万が一ということもあります」

カーティスの懸念《けねん》はもっともだった。万が一ジークハルトが操られでもしたら敵の思《おも》う壺《つぼ》になってしまう。

「できれば王妃様にもご参加いただきたかったのですが……」

ロイスリーネさえいれば、相手がどのような術を使おうと、たちまち無効化できるから安全だ。だがあいにくとロイスリーネは席を外している。

「ロイスリーネは『緑葉亭《りょくようてい》』で勤務中だ。それまでにリックとの話は終わるだろうな。だが念のためロイスリーネが王宮に帰り次第《しだい》、執務室に来るよう女官長《にょかんちょう》に伝言を頼もう」

「そうですね。もし我々に例の金の靄がかかっていたとしても、王妃様の傍にいれば脅威にはならないですからね」

「ああ。さて、王女の護衛騎士からはどんな話が聞けるのか、ある意味楽しみだな」

ジークハルトは気を引《ひ》き締《し》めた。

それから三十分後、本宮にある応接室の一つでジークハルトはエリューチカ王女付きの護衛騎士リックと対面していた。

王族の護衛騎士をしているだけあってリックはがっしりとした体つきの青年だった。歳《とし》は二十代半ばくらいだろう。

短く刈《か》り上《あ》げた髪《かみ》は黒色で、目の色は平凡《へいぼん》な茶色だ。けれど鍛《きた》え上げられた肉体が持つ威圧感《いあつかん》は只者《ただもの》ではないことを窺《うかが》わせた。

――かなりの手練《てだ》れだな。

リックを一目見たジークハルトの感想はそれだった。

国王と対面するため、今日のリックは帯剣《たいけん》していない。いわば丸腰《まるごし》の状態なのだが、その筋肉だけで十分凶器《きょうき》の役割を果たすように思えた。

――できれば戦いたくない相手だな。

ジークハルトは率直にそう思ったが、一方で彼自身も負ける気はしていなかった。自分の身は自分で守れるようにリグイラや『影』たちによって扱《しご》かれたジークハルトは、ルベイラでおそらく一、二を争うほど強い。……『影』たちを除けば、だが。

剣を使っても戦えるし、魔法も使える。そして何より生き残るために手段を選ばないのが大きかった。『影』と同じように卑怯《ひきょう》な手を使うことを躊躇《ちゅうちょ》しないよう鍛えられているのだ。

「さて、王女の護衛騎士よ。話というのはなんだ」

悠然《ゆうぜん》と椅子に座り、王としての威厳《いげん》をこめてジークハルトは相手を促《うなが》した。するとリックは片膝《かたひざ》をつき、騎士としての礼をとりながら口を開いた。

「時間を取っていただき、ありがとうございます、ジークハルト陛下。私はエリューチカ王女付きの護衛騎士リック・バーマンと申します。本日はライオネル王太子殿下から預かってまいりました書簡をお持ちしました。両国にとって、大事なことが書かれております。どうかお受け取りください」

差し出された書簡をエイベルが受け取る。ジークハルトはエイベルから書簡を受け取ると、その場で開封《かいふう》して目を落とした。

「…………」

「金色の羊の毛皮？　もしかして、商人たちが以前会話していた中に出てきたスフェンベルグに献上したという敷物のことですか？」

王宮に戻ってすぐにジークハルトの執務室に呼ばれたロイスリーネは、彼の口から語られた内容に唖然《あぜん》とした。

「ああ、そうだ。…………って、ロイスリーネ、どうしてまたそいつを連れているんだ？」

ジークハルトの胡乱《うろん》な視線がロイスリーネの腕に抱かれた黒うさぎに注がれる。

そう、今回もまたロイスリーネは黒うさぎを連れてきている。

「それは、くろちゃんをモフって疲れを癒《いや》そうとしていた時に呼ばれたからですよ」

以前とまったく同じ答えだった。理由も動機も以前と変わらない。

――モフモフはいるだけで癒しですもの。この可愛さを皆に知ってほしいわ！

「……くっ……」

ジークハルトの嫉妬《しっと》まじりの視線を受けても黒うさぎはまったく動じることなく、我関せずといった様子で自分の前足をぺろぺろと舐《な》めている。それがまたジークハルトは気に入らない。

「……（ギリッ）……」

前と同じくジークハルトは歯ぎしりをしたものの、どうやら話を進めるために黒うさぎの存在を無視することに決めたようだ。ロイスリーネの腕の中の黒いモフモフから目を逸らして話題を元に戻した。

「そう、それで、リックの話によると、エリューチカ王女がおかしくなったのは金色の毛皮で作られた敷物を手に入れてからだそうだ」

「あ、もしかして、羊の毛皮を気に入った王女って……」

「エリューチカ王女のことだったらしい」

リックによれば、商人アルファトから金色の羊の毛皮の敷物を献上された時、誰もが「幸運を呼ぶ伝説の毛皮」の話を眉唾物《まゆつばもの》だと思ったという。エリューチカ王女も同様で、その時の彼女は古い敷物に興味を示さなかったそうだ。

ところが「ぜひ触って確かめてごらんになってください」というアルファトの言葉に乗せられて、羊の毛皮の敷物に触れた時からエリューチカ王女の言動が変わった。

すぐさま気に入ったと自分の部屋に運ばせて、部屋にいる時は常に毛皮に触れられる状態にしているというのだ。

「敷物にいつも触れている？」

「具体的には、ソファを載《の》せて、部屋にいる時は常にそこに座り、足元を毛皮に触れさせているそうだ。ちなみに、その敷物とソファはルベイラに来る時に一緒に運ばせて、今もこの王宮の王女の部屋にあるらしい」

「なんとまぁ……」

「まったく、とんだものを持ち込んでくれたものだ」

原因となった金色の羊の敷物をルベイラに持ち込んでいたのならば、エリューチカ王女の側付《そばつ》きになった侍女や護衛の兵たちがあっという間におかしくなるのも無理はない。

「そのリックという騎士は、具体的にどうエリューチカ王女の言動がおかしくなったと言っているのでしょうか？　彼が操られている可能性もあるのでは？」

ロイスリーネはふと気になって尋ねる。

「それは……」

なぜかジークハルトは言いよどむ。答えにくそうな彼に代わって口を開いたのはカーティスだった。

「リックによれば、それまで全然興味を示さなかった陛下に突然好意を抱くようになったため、だそうですよ」

「え、でも、それって……」

ジークハルトはかなりの美形だ。ロイスリーネが今まで出会った中でも一、二を争うほどの容姿を持っている。ついでに国王という最高の身分も。

言い寄ってくる女性に塩対応しかしてこなかったせいでルベイラ国内では観賞用……いや、少し遠巻きにされているが、絵姿を見て憧れを抱いた女性はたくさんいるはずだ。

「なんたって陛下は素敵だから、エリューチカ王女が絵姿を見て恋してしまうのは少しもおかしくないのでは？　最初は興味を覚えなくても、あとから気になって意識しだすのはよくあることですし」

「いや、それが……」

ロイスリーネに褒められて嬉しかったのか、ジークハルトは耳をほんのり赤くさせながら、驚くべきことを告げる。

「リックとエリューチカ王女は恋人同士だったんだ。密かに愛し合っていたらしい」

「え？　え？　えええええ？」

思いもよらない事実に、ロイスリーネの口がぽかーんと開いた。

「二人の関係を知っているのはごくごく身近な者たちと、兄のライオネル王太子と彼の側近だけだったそうだ。まぁ、リックは伯爵家の出身とはいえ、嫡男ではないから継げる爵位もない。平民同然だ。どうひっくり返っても王女を娶ることは許されないだろう。いつかは別れることになると分かっていながら、想いを通わせていたらしい。ところが金色の羊の毛皮が献上されたとたん、エリューチカ王女は俺を好きだと言い出し、リックとのことは忘れてしまったらしい」

「忘れたって……別れたってことですか？」

「いや、文字通り愛し合った事実そのものを忘れてしまったようだ。彼女にとってリックはただのお気に入りの護衛騎士という認識だ。エリューチカ王女だけじゃなく、二人の関係を知って協力していた王女の侍女たちも、リックと王女が恋人同士だったことを覚えていない。まるっとその事実が彼女たちの記憶から抜け落ちてしまったんだ」

愛しい女性と想い合った過去すらなかったことにされたリック。目の前で他の男性への恋情を語り、ジークハルトの妃になりたいと口にするエリューチカを見たリックの苦悩はどれほどだっただろう。

――ひえええ、それは地獄だわ！　エリューチカ王女がおかしいとリックが思うのも無理はないわね。だってどう考えても変だもの。

結ばれないと分かっていた恋だ。だからほんの一言別れの言葉だけでもあれば、リックもきっと納得できたに違いない。それすら告げないほどエリューチカがリックに興味を失った可能性も否定できないが、それなら片時も離さず側仕えさせるのも変である。

「愛し合った記憶や恋心をまるっと忘れてしまったのなら、献上された敷物をリックが怪しいと思うのも無理はないわ。てことは、彼は金の靄を弾いた人だったのね。でも、羊の毛皮が人を操る？　そんなことあるのかしら？　そもそも金色の羊の毛皮の由来ってなんだっけ?」

ロイスリーネは金色の羊の毛皮の伝説を思い出そうとしたが、「所有者に幸運を呼ぶ」というふわっとした情報しか出てこなかった。

「それについては私がお答えしましょう」

口を挟んだのはカーティスだった。

「皆眉唾物として漠然とした情報しか持っていなかったので、ざっと調べてみたのです。どうやらもともとある地域で伝わっていた神獣《しんじゅう》の伝承がもととなっているようですよ」

「神獣?」

「はい。伝承では、とある貧しい地域の小さな神殿に、金色の毛を持った羊が献上されてきたとあります。その羊があまりに神々しいので神殿の人たちが大切に育てたところ、次々と幸運が舞い込んできたと。人々はその羊が、神に遣わされた獣かもしれないと思って、神獣として祀《まつ》るようになったそうです」

金色の羊は他の羊に比べてかなり長生きだったようだ。けれど寿命が尽きて、羊は惜しまれつつ亡くなってしまった。神殿の者たちは神獣を偲《しの》び、金色の羊の毛皮を聖遺物《せいいぶつ》として残し、代わりに祀ることにしたのだという。

「金色の羊の毛皮が『幸運を呼ぶ』と言われるようになったきっかけですね。それを商機《しょうき》と見た商人たちが、レプリカを作ってあちこちで売るようになったことで『金色の羊の毛皮』の話が大陸中に広まったというわけです」

「本物の羊の毛皮は？　まだその神殿にあるのか？」

ジークハルトの問いにカーティスは首を横に振った。

「いいえ、『金色の羊の毛皮』の話が広まった際に、不届き者によって神殿から盗まれてしまったようです。必死になって捜したようですが、長い間ずっと行方不明のまま。ですが……とある国がその『金色の羊の毛皮』を所有していたという噂話が、商人の間でまことしやかに囁かれていたようです。そのとある国というのが――」

そこまで言うとカーティスが意味ありげに笑った。

「『還元』と『女神の寵愛《ちょうあい》』のギフトを持っていた、ローレンを強引に手に入れた国だったそうですよ」

『還元』と『女神の寵愛』のギフトを持っていたローレンとは、ロイスリーネの先祖だ。ローレンの生国を滅ぼして彼女を強引に連れ去った強国は、その後ローレンを手に入れたがっていた諸外国の連合軍によって滅ぼされることとなる。負の連鎖はローレンが自ら命を絶ったことで終結した。

「強国の崩壊とともに金色の羊の毛皮の所在は不明になりましたが、商人の間では未だにかの国だった場所のどこかに隠されているのではないかと言い伝えられていたようです。例の商人アルファトも、かの国があった土地に代々住んでいる露店商から、家宝として家に伝わっていた敷物だと言われて信じてしまい、大金をはたいて買ったようです」

「それって本物？　すっごく怪しいじゃないの！」

だからこそ『緑葉亭』にいた商人たちも「騙されて偽物を掴まされた」という前提で話をしていたのだ。誰が聞いても怪しすぎて本物だとは思わないだろう。

「ええ。十中八九、偽物でしょう。『幸運を呼ぶ』どころか、スフェンベルグに混乱をもたらしているのですから」

「たぶん、アルファトが買った毛皮の敷物には呪いがかけられていたんだろう。触れた者や近くの者を惑わせるような呪いが」

何かを思案しながらジークハルトが言う。

「ルベイラの王宮に持ち込むに当たって魔法使いたちが調べたはずだが、誰も怪しいと思わなかった。それだけ巧《たく》みな『呪い』だったのだろう。問題は、それを仕込んだ者が誰なのかだ」

カーティスが笑みを消して真剣な眼差しになった。

「陛下はクロイツ派を疑っているのですね」

ロイスリーネは息を呑んだ。

「クロイツ派……！　で、でもクロイツ派はもう壊滅したはずでは？　眷属たちはみんな夜の神と一緒に眠りについたはず。残党もほぼ捕まえてもう何かする力もないのでは？」

「確かにそうです。けれど洗脳や魅了を使い、人知れず国の中枢《ちゅうすう》に入り込むという手口がクロイツ派と似ています。それにスフェンベルグに金色の羊の毛皮が持ち込まれたのは、ルベイラの王宮がクロイツ派に襲撃されるより前でした。スフェンベルグを乗っ取る計画があって実行に移したものの、クロイツ派の瓦解《がかい》で放置されたのかもしれません」

ジークハルトも同意するように頷いた。

「そうだな。執拗《しつよう》に王女を俺の妃に据《す》えようとするだけじゃなく、ロイスリーネの命を狙ったのも、クロイツ派の犯行なら頷けるものがある。エリューチカ王女の背後で糸を引いている者がいるはずなのに、その影がまったく見えないのも、クロイツ派が手を引いた後、止める者がいないまま継続しているせいなのかもしれない」

「ええと、要するに、黒幕不在で計画だけが勝手に行われているというわけですか？」

「その可能性が高いということだ。もしその推測《すいそく》が合っているならば、話は簡単になる。元凶である金色の羊の毛皮を消してしまえば、エリューチカ王女たちも正気に戻るだろう」

「なるほど……」

「明日の夕方、エリューチカ王女は外交官の屋敷で行われる夕食会に出席する予定らしい。リックも彼女の侍女たちも、王女の付き添いで揃って王宮を離れるそうだ。リックの要望としては、その間に王女の部屋にある金色の羊の毛皮を燃やしてほしい、とのことだ」

「でも、勝手に燃やしてしまって大丈夫なんですか？　他国の王女の私物を同意を得ないで処分してしまったら、外交問題になりそうですけど……」

ロイスリーネが心配になって尋ねると、ジークハルトは事もなげに答えた。

「何とでもなるさ。敷物に『呪い』がかかっていたからこちらで始末したことにすればいい。それでも文句を言ってきたら、それこそ友好関係を解消する理由にすればいいだけだ。ルベイラにとっては痛くもかゆくもない」

その口調にジークハルトのスフェンベルグへの溜まりに溜まった鬱屈《うっくつ》した心情が表れているような気がした。

——今回のことに関してはルベイラ……というか陛下はだいぶ譲歩したものね。なんとか穏便《おんびん》に済《す》ませたいところだけど……。ああ、でも、クロイツ派の犯行なら、スフェンベルグも被害者ということになるわよね。それならターレス国の時のようになんとかうまく決着をつけられるかもしれないわ。

クロイツ派の犯行かもしれないことにはびっくりしたが、それはそれで使い道があるのだ。

——まぁ、クロイツ派でもなければ私の命を狙う理由もないわけだしね。あ、夜の神が言っていた「私が狙われる」という忠告はこれのことだったのかしら？　なら、思ったよりも簡単に解決できそうだわ。

「明日には全部解決、ということになりそうですね」

楽観的になったロイスリーネは、腕の中で話を聞いていた黒うさぎが目を細めていることに気づかなかった。


話を終えて黒うさぎを抱いたロイスリーネとエマが執務室を出て行った後、ジークハルトは部屋に残っていたカーティスとエイベルに尋ねた。

「……どう思う？」

エイベルがキョトンとした顔で聞き返す。

「え？　王妃様の最愛のペットの座が黒うさぎに奪われそうになっていることについて？」

「ち・が・う‼　奪われてなどいない！」

額に青筋を浮かべながらジークハルトは怒鳴る。

「俺が聞いたのは、リックが言っていたことについてだ！」

「エイベルは陛下をからかっているだけですよ」

くすくすと笑いながら答えたのはカーティスだった。

「リックが持ってきた書簡は間違いなくライオネル王太子のものでしたし、彼の説明もライナスがレオール殿から『心話』で聞いた話とほとんど同じものでした。いささか気になる点もありましたが……」

　実はリックから書簡を渡される前に、ジークハルトたちはスフェンベルグで起きたことを把握していた。先日マイクとゲールの助けでスフェンベルグから出たレオールからライナスに連絡が入り、そこであらかたのことを伝えられていたのだ。

「ひとまず被害をこれ以上広げないために敷物の消去は急務です。リックの言う通り、王女が留守にする明日は絶好の機会かと」

「そうだな。動いてみなければ確かめようもないな。……ただ杞憂《きゆう》だといいんだが、妙な胸騒ぎがする」

　ジークハルトはぎゅっと拳を握った。

「カーティス、エイベル、慎重に準備を進めてくれ」


「でね、うーちゃん。明日、陛下に付き添ってエリューチカ王女の部屋に行って金色の羊の毛皮を燃やすことになったの」

その日の夜、ロイスリーネはやってきたうさぎの「うーちゃん」を腕に抱きしめながら今日の出来事を話して聞かせていた。

「妙な予感があって、私も行きたいと言ったら陛下が許可してくださったのよ。てっきり危険だからダメと言われると思ったけど……。ほら、うっかり羊の毛皮の敷物に触れて、おかしくなる人が出ても困るじゃない？　万が一のことがあっても私がいれば『還元』のギフトですぐに無効にできるからって。言ってみればお守り代わりみたいなものね」

「……キュ（本当は安全な場所にいてもらいたいんだがな）」

うさぎ……いや、ジークハルトは内心でため息をつく。

――けれど、俺の懸念《けねん》が当たっているとすれば、自室で待つより俺たちの傍にいた方が安全だろう。それにロイスリーネがいてくれた方が味方が敵に回るかもしれない事態を避けることができる。

だからこそジークハルトはロイスリーネの同行を許可したのだ。

「陛下と『影』の皆にはいつも守ってもらっているから……今度は私が守る番よ。こんなわけの分からないギフトでも、皆の役に立てるのが私、嬉しくて。ねぇ、うーちゃん、私しっかり自分の役目を果たしてくるからね！」

ロイスリーネは上機嫌でうさぎの耳と耳の間にキスを落とす。が、すぐに放さずにそのまま「スー、ハー」とうさぎの匂いを吸い始めた。

「はぁぁ、お日様の匂いだわ。癒されるぅ〜」

「キュ……（またか……）」

ジークハルトはちょっぴり遠い目をしながら、ロイスリーネの好きにさせている。なんだかんだ言いつつ、ロイスリーネのこの行為にもだんだん慣れてきているジークハルトであった。

――これでロイスリーネの気が安らぐならばいいか。……そう、あくまでロイスリーネのためだ。別に「最愛のペットの座」を守るためではない。……たぶん。

傍から見れば夫婦がいちゃついているとしか見えないそんな二人（一人と一匹）をよそに、黒うさぎはクッションの上で腹ばいになって目を閉じていた。起きているのか寝ているのかも不明だ。

一ヶ月近くロイスリーネの部屋で飼われている黒うさぎだが、未だにどういう存在なのか分かっていない。ロイスリーネ本人はまるで警戒していないが、ジークハルトは黒うさぎに対する警戒を忘れたことはなかった。

――エリューチカ王女の件が片づいたら、黒うさぎの正体についても探っていくべきだろうな。

ロイスリーネに匂いを吸われながらジークハルトがそんなことを思っていると、部屋に控えていたエマが天蓋《てんがい》のカーテンに手を伸ばしながら言った。

「リーネ様、そろそろお休みの時間です。明日のためにきちんと睡眠を取らないと」

「そうね。うーちゃん、寝ましょうか」

ベッドの上に下ろされたうさぎ《ジークハルト》は定位置であるロイスリーネの枕の横に移動する。黒うさぎはそのままロイスリーネの足元の方に置いたクッションの上で眠るのがいつもの形だ。

天蓋のカーテンが下ろされ、灯りを消したエマが退出する。

「おやすみなさい、うーちゃん」

ロイスリーネは目を閉じる。それからきっかり五分後には、ロイスリーネの口から規則正しい寝息が漏れてきた。驚くほどロイスリーネは寝つきがいいのだ。

やれやれと思いながら、ジークハルトも目を閉じた。


ジークハルトの口からも静かな寝息が漏れ始めた頃を見計らって、黒うさぎは目をパチリと開けた。

クッションからむくりと起き上がった黒うさぎは、横向きで寝ているロイスリーネと枕元で丸くなっているうさぎの中間の位置までピョンピョンと移動すると、二人の寝顔を見下ろす。

一度眠るとよほどのことがないかぎり起きないロイスリーネはともかく、気配に敏《さと》いジークハルトも、黒うさぎがすぐ近くまで接近していることに気づいた様子はない。完全に寝入っている。

「……すまないな、ジークハルト、ロイスリーネ」

黒うさぎの口から人間の言葉が零《こぼ》れた。

「このたびのことはおそらく我に起因《きいん》して起きたことだ。……まさか、直接乗り込んでこようとは」

「さすがのあの御方《おかた》でも、夜の御方の分霊を無視できなかったということですね」

不意に第三者の声が響いた。涼やかな女性の声だ。黒うさぎが頭を巡らせると、天蓋の付近に小さなジェシー人形の姿があった。

「女神の御使い《ファミリア》」

「はい、夜の御方」

ジェシー人形はふわりと降りてきて、黒うさぎの隣に着地する。その間もロイスリーネとジークハルトが目を覚ます気配はない。

「巻き込まれたジークハルト王たちには気の毒ですが、おかげで何千年も私たちの目から隠れ続けたかの存在――異端の神を引きずり出すことができそうです。まさか、こんな形で降臨《こうりん》していたとは、本当にあの方にも困ったこと」

困ったことと言いつつ、それほど困った口調ではないのは依《よ》り代《しろ》にしているのが人形だからだろうか。

黒うさぎは鼻をピクピクさせた。

「呑気《のんき》だな。本来の異端の神ならたいした脅威《きょうい》ではないが、アレはそなたたちの計画の邪魔をする存在になるかもしれない。いや、その可能性が高いのだぞ？」

「その時はその時です。ですが、私は邪魔をする存在になるとは思えないのですよ。現にプサイの起こした例の件は、結果的に私たちの計画の支障《ししょう》になることはなく、あなたという存在がこの地に残ることになりましたから。私、あまり心配はしていないのですよ」

「……呑気というより、もしや依り代のもとになったあの娘《ロイスリーネ》の性格に影響されているのではないかと思えてきたぞ」

呆れたようにぼやく黒うさぎに、ジェシー人形……いや、女神ファミリアは朗らかな笑い声を立てた。

「ふふふ、そうかもしれませんね。でもロイスリーネならやってくれるかもしれないと思いませんこと？　『破壊と創造』の権能や、私たちが与えた『神々の寵愛』のギフトに頼ることも溺《おぼ》れることもなく、破壊の側面すらそういうものとして自然に受け入れているこの子なら――」

言いながらファミリアは「スー、スー」と寝息を立てているロイスリーネを見下ろす。

「なんとなくあの方の心にするりと入り込めてしまうのではないかと思うのですよね。妙に器が大きいので」

「……そうかもしれぬな。明らかに正体不明の我を気にすることなく受け入れているくらいだからな」

その理由の九割方が「モフモフだから」だということを知ってか知らずか、黒うさぎの口調は呆れを含みながらも優しかった。

「ともかくも、明日が正念場ですね、夜の御方。こちらが何も動かないことに焦《じ》れて、向こうが先に動き出したのは幸いでした」

「うむ。あやつが動き出した時が我らが動く時だ、ファミリア」

「はい」

黒うさぎは虚空《こくう》に緑色の目を向けて呟いた。

「首を洗って待っておれ。異端の神——黄昏《たそがれ》の鐘《かね》を鳴らす者よ」

# 第六章　それは黄昏の鐘を鳴らす者

翌日の午後、ロイスリーネは寝室《しんしつ》の壁《かべ》に備えつけられた大きな鏡の前でくるりと回った。

「これで準備は完了《かんりょう》、と。エマ、カテリナ、おかしいところはないかしら？」

「大丈夫《だいじょうぶ》です、リーネ様。どこからどう見ても、王宮で働く侍女《じじょ》です」

「エマさんの言う通りです、王妃《おうひ》様。とてもお似合いですわ」

「侍女にしか見えない」とか「侍女服がお似合い」とか王妃としてどうなのかと思わなくはないが、ロイスリーネは褒《ほ》め言葉として受け止めた。

「ありがとう。よかったわ」

鏡に視線を向けると、そこに映っているのは、おさげに結《ゆ》った髪《かみ》と大きな眼鏡を付けたロイスリーネの姿だった。

『緑葉亭《りょくようてい》』に行く時のいつもの格好なのだが、今日のロイスリーネは王宮の侍女が着るお仕着せを身に纏《まと》っている。首のリボンの色は青だ。

王宮で働く侍女たちは所属によって身に着けるリボンの色が異なる。これは一目で所属先を判別するためだ。

ロイスリーネが今身に着けている青のリボンは軍所属の侍女であることを示している。

一方、ロイスリーネ付きの侍女であるエマやカテリナのリボンの色は白と決まっていた。

「この侍女服を着るのは久しぶりね」

一時期ロイスリーネは、クロイツ派の幹部だったデルタとラムダを捜すため、この青のリボンの侍女服を着て王宮を探索《たんさく》して回ったことがあった。

「まさかもう一度着るとは思わなかったけど、これなら王妃だとバレないものね」

エリューチカ王女の部屋の付近は一応人払《ひとばら》いがされているものの、もし万が一誰《だれ》かに見られでもしたら大変なことになる。そのため、ジークハルトとロイスリーネはカインとリーネに変装することにしたのだ。

──国王と王妃が賓客《ひんかく》として王宮に滞在《たいざい》している他国の姫《ひめ》の部屋に、本人のいぬ間にこそこそと出入りし、しかも持ち物に火をつけたとなったら、それこそ大問題になるものね。でもカインとリーネなら問題ないわ。……いえ、問題なくはないけど、国王と王妃だとバレるよりはるかにマシよ。

ならば最初から『影《かげ》』たちにまかせておけとなるが、お守り代わりのロイスリーネは必要で、そうなると彼女を傍《そば》で守るためにジークハルトも出ざるを得ないという状況《じょうきょう》だ。

「さてと、着替《きが》え終えたことだし、陛下《へいか》が来るまでくろちゃんをモフ……」

「王妃様、そろそろ陛下が迎《むか》えに来られるお時間です。いえ、もう来ていますね、すぐそこまで」

　カテリナが言った直後、鏡の奥で人の気配がした。カタンという小さな音とともに鏡が開いて、秘密の通路からカインの姿になったジークハルトが現《あら》われる。

「待たせたな、ロイスリーネ」

「陛下……いえ、カインさん。今支度《したく》が終わったところです」

「そうか。さっそくだが、他の皆《みな》が俺たちを待っている。行こう」

「はい」

　差し出された手のひらに、ロイスリーネは自分の指を重ねた。

　できるだけ自分たちの姿が人目に触《ふ》れないように、秘密の通路を使って『影』やライナスたちがいる場所に行く予定なのだ。

　――エリューチカ王女が使っている部屋に直接秘密の通路の出入り口があればてっとり早かったんだけど、あいにくとないらしいのよね。

　そこでジークハルトは、エリューチカ王女の部屋にもっとも近い位置にある秘密の通路の出入り口を集合場所に指定したのだ。

　ジークハルトに先導されて通路を進み、応接室だと思われる部屋に出たところでロイスリーネは見知った面々に迎えられた。

「来たね、カイン、リーネ」

全身灰色の装束《しょうぞく》に身を包んだリグイラがいる。その横にいるのは小柄《こがら》で痩《や》せ型《がた》のシルエットから、おそらくキーツだろう。

「やっほー、リーネちゃん」

「お久しぶり、リーネちゃん！」

声をかけてきたのはスフェンベルグに派遣《はけん》されていたマイクとゲールだ。彼らはスフェンベルグの魔法使《まほうつか》いレオールを、目的地のキルシュタイン国に送り届け、ルベイラに戻《もど》ってきたばかりだった。

「マイクさん、ゲールさん、お帰りなさい！」

他にも『緑葉亭』の常連客であるアドル、それにクロイツ派急襲《きゅうしゅう》の際にプサイに重傷を負わされたものの、回復して十日前に戦線復帰したリードがいた。

「陛下、王妃様。いよいよですね」

そして最後に声をかけてきたのは魔法使いのライナスだ。

ジークハルトも『影』たちも一応魔法《まほう》は使えるものの、専門家ではないため、魔法によるトラブルがあった時とっさに対処できない場合があった。そのため、ライナスにも同行してもらったのだ。

「ライナス、付き合わせてすまないな」

「いえ、私もこの目で金色の羊の毛皮を見てみたいと思っておりましたので、渡《わた》りに船でした」

「陛下」

リグイラが口を挟《はさ》んだ。

「エリューチカ王女を監視《かんし》している『影』からの報告によると、今から半刻《はんとき》前に王女と王女付きの侍女二人、それに護衛騎士《きし》のリックを乗せた馬車が外交官の屋敷《やしき》に入ったのを確《かく》認《にん》したそうだ」

「そうか。外交官の屋敷から王宮までは少し距離《きょり》があるから、すぐに戻ってくることはないだろう。ルベイラで付《う》けた侍《ち》女たちも侍女長の計らいで別の場所での勤務につかせているから、王女の部屋には誰もいないはずだ。ただ、人払いをするにも限度がある。悠長《ゆうちょう》にしてはいられないな」

「こちらはいつでも出撃《しゅつげき》できる状態だよ」

ジークハルトは頷《うなず》き、一同を見回した。

「では、行こう」

リグイラを先頭に応接室を出ると、廊下《ろうか》はしんと静まり返っていた。ひと気はない。

「念のためこの棟《とう》全体に防音の結界を張っておきました。多少音を立てても大丈夫です」

言ったのはライナスだ。だが、彼が言葉を言い終えた直後、先頭を歩くリグイラの足が止まった。

「……どうやら、簡単には部屋に近づかせてもらえないようだね」

「え？」

ロイスリーネが驚《おどろ》いて廊下の先に視線を巡《めぐ》らせると、無人であったはずの廊下にぼうっと立っている人たちがいた。一人や二人ではない。少なくともロイスリーネの視界に六、七人ほどの人が見える。

そのどれもが見覚えのある者たちだ。

「エリューチカ王女付きにした侍女と護衛の兵士たち？　侍女長が別の仕事を与《あた》えていたはずなのに……護衛兵たちも別の場所で控《ひか》えているはずでしょう？」

「金色の羊の毛皮か、もしくはエリューチカ王女があたしらの計画に気づいて呼び寄せたんだろうさ。ごらん、様子がおかしい」

リグイラの言葉によくよく目を凝《こ》らしてみると、廊下に立っている侍女や兵士たちの顔に表情はなく、みな人形のようだった。けれど、目だけは爛々《らんらん》と金色に輝《かがや》いてロイスリーネたちを見つめている。

「殺せ……殺せ……王妃を、殺せ……」

苦悶《くもん》の呻《うめ》きのような声が唇《くちびる》から零《こぼ》れた。その直後、一番こちらに近い位置にいた侍女の一人がロイスリーネ目がけて飛びかかってきた。

だがもちろん『影』たちがそんな暴挙を許すはずはない。素早《すばや》く前に出たキーツが侍女の後ろに回り、そのうなじ目がけて手刀を振《ふ》るう。すると侍女は音もなくその場にくずおれた。

おそらく操《あやつ》られているとはいえ戦闘《せんとう》能力は元の侍女のままなのだろう。なんなく避《よ》けることができたが、問題は護衛兵の方だ。本宮の警備隊に入れるくらいなので、それなりに強い。おまけに昏倒《こんとう》させたはずの侍女も操られているせいなのか、すぐに立ち上がる。

「殺せ、王妃、殺す……」

「チッ、キリがねえな」

剣《けん》を抜《ぬ》いて襲《おそ》いかかってくる兵士を躱《かわ》しながらキーツがリグイラに言った。

「おい、ここは俺とリードとアドルで引き受ける。部隊長と陛下たちは王女の部屋に急げ。おい、リード、リハビリ代わりだ。きびきび動けよ！」

「……了解《りょうかい》」

リードはややため息まじりに短く返事をすると、もう一人の護衛兵に肉薄《にくはく》して蹴《け》り飛《と》ばした。壁に激突《げきとつ》した兵士だったが、本来であれば痛みでその場にうずくまってもおかしくないのに、すぐに立ち上がるとこちらに向かってくる。

「ハッ、ライナスの防音の結界がさっそく役に立つわけだね。ここはあんたたちにまかせたよ！　カイン、リーネ、ライナス！　こいつらを蹴散《けち》らしつつ王女の部屋に向かうよ！

マイク、ゲール、あんたたちは殿《しんがり》だ！」

　指示を出しつつリグイラは走り出す。そして廊下をふさいでいたもう一人の侍女の身体《からだ》をまるでぶつかる勢いで押しのけた。がっしりした体格の上、鍛《きた》え上《あ》げられたリグイラに激突されてはたまらないだろう。侍女の身体は吹《ふ》っ飛《と》び、近くにあった胸像にぶつかって一緒《いっしょ》に倒《たお》れ込んだ。うまい具合に胸像の下敷《したじ》きになったらしく、起き上がれないようだ。これ幸いとロイスリーネたちはその横を走り抜けていく。

　キーツもリグイラも殺さないように手加減しているようだが、彼らはきっと正気に戻った時には満身創痍《そうい》になっているであろう。それを気の毒に思いながら、ロイスリーネはジークハルトに手を引かれるまま廊下を走った。

　そしてエリューチカ王女の部屋の前まで来ると、リグイラは扉《とびら》を吹き飛ばす勢いで開け放ち、中になだれ込んだ。

　外の喧騒《けんそう》とは裏腹に、客室はとても静かだった。人の気配はなく、居間の奥に続く寝室にも誰かが潜《ひそ》んでいる様子はない。

　部屋の中をキョロキョロと見回したロイスリーネは、ちょうど中央に敷《し》かれた金色の毛皮の敷物《しきもの》と、その上に設置された二人がけのソファに目が吸い寄せられた。

　敷物はそれほど大きくない。ちょうど羊一頭分の毛皮を広げたほどの大きさだ。

「あれが、例の金色の羊の毛皮……」

敷物の色は黄色というより琥珀《こはく》……いや、まさしく金のようだった。大きな掃《は》き出《だ》し窓から差し込む夕日に照らされて、やや赤みがかった淡《あわ》い光を反射している。

年代ものであるにもかかわらずほつれもなく、かなり上等な品物であることが見て取れた。

──思っていたよりもこぢんまりとしていて、そして妙《みょう》に神々《こうごう》しい……。商人のアルファトが本物だと思ったのも無理はないかもしれないわ。

「あれだな」

ロイスリーネは思わず見とれていたのだが、どうやらジークハルトにはあまり感銘《かんめい》を与えなかったようだ。冷静な声が耳を打つ。

「幸い、部屋の中には誰もいないようだ。邪魔《じゃま》は入らないだろう。キーツが廊下の連中を抑《おさ》えている間に燃やしてしまおう。ライナス、頼《たの》めるか？」

「はい。ソファはどうしますか？　取り除くためには近づかなければなりませんが……微《び》量《りょう》ですが妙な気配を感じます。近づかない方がいいかと」

ライナスの敷物を見る目は不安そうだ。ロイスリーネにはまったく何も感じられないが、妙な気配を感じているのは他の皆も同じようだった。

「確かに。嫌《いや》な圧迫感《あっぱくかん》があるね」

「うーん、これはヤバい代物《しろもの》だと俺でも分かるな」

「さっさと消した方がいいと思うよ、魔法使い先生」

口々に言う『影』たちに、ジークハルトも頷いた。

「ああ、俺もそう思う。ライナス、構わない。俺が責任を取るからソファごと燃やせ」

「御意《ぎょい》」

ジークハルトから許可を取るとライナスはソファと敷物に向かって手を翳《かざ》した。

「炎《ほのお》よ、我に応えよ。――《獄炎《アグニス》》」

言うなりボゥッと音を立てて金色の羊の敷物とソファから炎が噴《ふ》き出《だ》す。炎は瞬《また》く間《ま》に広がり、メラメラと敷物とソファを焼《や》き尽《つ》くしていく。

轟々《ごうごう》と音を立てて燃えているものの、天井《てんじょう》にも床《ゆか》にも燃え広がることはなく、また熱さもまったく感じられなかった。おそらく周辺に燃え広がらないように、あらかじめ結界を張っていたに違《ちが》いない。

「燃えていく……金色の羊の毛皮が」

ソファは真っ赤な炎に包まれ、すでに骨組みだけとなっていた。一方、敷物の方はすでに形がなく、床の上で真っ赤な墨《すみ》と化している。

やがてすべてを燃やし尽くして炎は消え、残ったのは灰となった敷物とソファの残骸《ざんがい》だけだった。

「……なんかもっと抵抗《ていこう》があるかと思ったんだけどさ」

マイクが言えば、ゲールも同意するように頷いた。

「そうだな。操っている人間を引き寄せて俺らの邪魔をしようとしたわりには、あっけない最後だったなぁ」

金色の羊の毛皮は、跡形《あとかた》もなくなっている。たとえ何かの「呪《のろ》い」がかけられていようと、こうなってしまえばもう人を操ることはできないだろう。

そう考えた彼らは油断していた。すべて解決したと力を抜き、気を配ることを怠《おこた》り、目の前の灰となった残骸を見つめる。

だから……気づくのが遅《おく》れた。音もなく現われ、抜き身の剣を手に肉薄してくるその存在に。

現われた暗殺者の目的はロイスリーネだった。背後から素早くロイスリーネに近づき、剣を振りかぶる。

「死ね！」

「――――え？」

気づいた時には遅《おそ》かった。ロイスリーネは突然《とつぜん》背後で上がった声に振り返り、今にも自分に振り下ろされようとしている剣先《けんさき》を見た。……見ているだけしかできなかった。

あまりに突然で、『還元《かんげん》』の祝福《ギフト》を発動する余裕《よゆう》もない。

「リーネ！」

「リーネちゃん、危ない……！」

『影』たちが気づいて動き出した時にはすでに遅く、ロイスリーネはただただ自分の命を狩《か》ろうとしている斬撃《ざんげき》をなすすべもなく受け入れるしかなく――。


――キイイイン。


甲高《かんだか》い金属音が部屋中に響《ひび》き渡る。

「……な、に……？」

暗殺者は、己《おのれ》の剣がすんでのところで止められたことに驚きの声を発した。

ロイスリーネの命を奪《うば》う一撃必中《いちげきひっちゅう》の斬撃を止めたのは、カイン――ジークハルトの剣だった。ロイスリーネの斜《なな》め前にいたはずのジークハルトが、間一髪《かんいっぱつ》で割って入り、暗殺者の一撃を止めていたのだ。

「なんだと……？」

間に合うはずがない。なぜならジークハルトは敷物の残骸に気を取られ、まったく背後に気を配っていなかったのだから。ようやく気づいて動いたとしても間に合うわけがなかったのだ。普通《ふつう》であれば。

「……下がっていろ、ロイスリーネ」

暗殺者の剣を押し戻し、横に受け流しながらジークハルトはロイスリーネに指示した。

ロイスリーネは腰《こし》が抜けそうになるくらい驚きながらも、ジークハルトに言われた通り、数歩後ろに下がる。そのロイスリーネをリグイラたちが守るように取り囲んだ。

「残念だったな。油断させたところを襲うつもりだったのだろう、リック？」

ジークハルトは剣先を暗殺者――リックに突《つ》きつけた。

そう、突然音もなく現われ、背後からロイスリーネに襲いかかったのは、エリューチカの護衛騎士であるリックだったのだ。

――え、あの人がリック？　エリューチカ王女の恋人《こいびと》だった人？

謁見《えっけん》の間《ま》で見た覚えはあるものの、すっかり記憶《きおく》の彼方《かなた》に消えていたロイスリーネは、目を見開いてリックを見つめた。

――ライオネル王太子《おうたいし》が書簡を託《たく》すくらいだから金の靄《もや》を弾いたのかと思ったけど、間《ま》違《ちが》いなく操られているわよね、この人。

リックは後ろに下がりながら「なぜ……」と問いかける。その顔は感情を削《そ》ぎ落としたかのように無だった。そして昨日ジークハルトと会った時は茶色かったはずのリックの目は、金色に染まっていた。

「最初から油断などしていなかったからな。仕掛《しか》けてくるなら、我々が油断したところだと予測していたから、わざと隙《すき》を見せただけだ」

言い放ちながらジークハルトが攻撃《こうげき》を仕掛ける。素早く突き出された剣先を、リックは間一髪《かんいっぱつ》で避けた。

「なぜ、分かった？　何も怪《あや》しいところはなかったはずだ」

「簡単なことだ。俺たちは最初からお前を信用していなかった。スフェンベルグの魔法使いレオールが、忠告してくれていたんだよ」

ライナスと連絡《れんらく》を取ったレオールは、リックがライオネル王太子から託された書簡を渡していなかったことに驚いていた。

『何よりも優先してジークハルト王にこの書簡を届けてほしいと伝えていたのに、リックは渡していないのか……？』

そしてしばらく何か考えていたレオールはためらいがちにライナスに忠告したそうだ。

『……ライナス、リックには気をつけてくれ。私もライオネル殿下《でんか》も、エリューチカ殿下の周辺で唯一言動がおかしくなっていなかったリックは正気だと思い、書簡を託した。けれど、今になって疑問に思っている。本当にリックは正気だったのか、とね。だって考えてみてくれ。ルベイラに滞在していた間は金色の羊の毛皮の影響《えいきょう》を受けていなかった私とライオネル殿下がこの体《てい》たらくなんだぞ？　私たちより長くエリューチカ殿下の傍にいたリックだけが影響を受けなかったなんて、そんなことあるだろうか？　もしかしたら、リックが正気に見えたのも表面だけで、本当は誰よりも影響されていたのかもしれない』

「いくら王女から離《はな》れる時間がなかったからと言っても、就寝《しゅうしん》時間まで傍にいるわけじゃない。その気になればお前はルベイラに到着《とうちゃく》したその日に書簡を渡すことができたはずだ。でも、そうしなかったのは、お前がレオールの言う『強制力』の強い影響下《えいきょうか》にあったから。そして今になってようやく俺と接触《せっしょく》したのは、レオールがスフェンベルグの外に出てルベイラと連絡を取ったことを察知したからだろう？」

言いながらジークハルトは剣を振るう。それを受け止めるリックの腕前《うでまえ》も確かなようで、護衛騎士に恥《は》じない剣の使い手だった。

――カインさん！　いえ、陛下。頑張《がんば》って！　負けないで！

ロイスリーネは祈《いの》った。

キィイン、カン、カン。

激しい斬撃の音だけが部屋に響き渡る。

最初は互角《ごかく》かと思われた打ち合いだったが、次第《しだい》にジークハルトの方が優勢になった。

どんどんリックの動きが鈍《にぶ》くなっていき、剣先に迷いが出るようになっていたからだ。

実はロイスリーネがジークハルトの勝利を祈ることによって、無意識に『還元』のギフトが発動し、リックの身から少しずつ金色の靄を消し去っていたのである。

だんだん正気に戻っていくにつれ、リックの身体を支配する『強制力』が弱まっていき……その結果、剣の動きが鈍くなっていたのだ。

　そしてとうとう、ジークハルトの剣がリックの剣を弾《はじ》き飛ばした。すかさずジークハルトが剣の柄《つか》をリックのみぞおちに叩《たた》き込むと、彼は身体を二つ折りにしてその場にうずくまった。

「《戒めの風《レリギオ》》！」

　すぐさまライナスが魔法をかけて、リックの身体を見えない風で拘束《こうそく》した。

　終わった――と思いきや、ジークハルトが剣を構え直して警告を発する。

「まだだ！　また来るぞ」

「あら、リックったら失敗したのね。役立たずだわ」

　涼《すず》やかな女性の声が響き渡る。ロイスリーネはハッとなった。なぜなら燃《も》え尽きた金色の羊の毛皮とソファの残骸の上に、ふわりとハイウェストのドレスを身にまとった女性が現われたからだ。

「私のお気に入りを勝手に燃やしてしまうなんて、ルベイラ王は野蛮《やばん》なことをなさるわね」

　咎《とが》めるような口調で、けれどくすくす笑いながら言ったのはエリューチカ王女だった。

　どこからともなく突然現われたエリューチカ王女は、お気に入りの護衛騎士リックに金色の目を向けた。けれどその表情は凪《な》いでいて、とてもじゃないが元恋人《もとこいびと》に対する視線とは思えない。

他ならない。

──金色の目だわ。エリューチカ王女は青い目だったはず。つまり、彼女もまた操られているということに他ならない。

──でも、どうして？　呪いの元である金色の羊の毛皮は燃やしたのに……！

「王女よ。君を操る者はどこにいる？」

剣を構えたままジークハルトが尋《たず》ねると、エリューチカ王女の顔が彼に向けられ──そして歪《ゆが》んだ。

「ハッ、色は違えどその顔、アベルにそっくりだ」

忌々《いまいま》しげにジークハルトを睨《にら》みつけるその表情は、謁見の間で見せたうっとりとした表情とは真逆だった。まるで憎《にく》んでいるような鋭《するど》い視線。

「謁見の時、エリューチカの目を通して見ていた時もそう思ったけど、こうして間近で見ると、より似ているよね。忌々しいあの亜人《あじん》の祖と」

──今の陛下はカインさんの姿をしているのに、陛下だって分かってるの？　い、いえ、それより、まるきり人格どころか口調も変わっているんですけど⁉　「エリューチカの目を通して」って、エリューチカ王女がまるで他人のように言ってますが⁉　どういうことなの？

「……お前は誰だ。エリューチカ王女じゃないな」

リグイラたちもジークハルトと同じ結論に至ったのだろう。油断なく武器を構えて相手の出方を窺《うかが》っている。

「ふふふ、駒《こま》もなくなってしまったし、黒いのとのかくれんぼもいいかげんに飽《あ》きたから、名乗ろうかな？」

エリューチカ……いや、エリューチカ王女の身体を使って話をしている正体不明の人物は、嫣然《えんぜん》と笑った。美しいがどこか禍々《まがまが》しさを感じる笑顔《えがお》だ。

次の瞬間《しゅんかん》、ロイスリーネは目を見張った。

ロイスリーネだけではない。ジークハルトも、リグイラも、ライナスも、マイクたちも皆が唖然《あぜん》とした。

嫣然と笑うエリューチカ王女の足元で、灰になったはずの羊の毛皮がまるで燃え尽きるまでの光景を逆再生しているかのように元の姿に戻っていくのだ。

灰がみるみるうちに黒から金色に変わり、ふわふわの毛が再生されていく。燃えて縮んだ敷物は輝きと厚みを取り戻し、床に広がった。

再生されていくのは毛皮だけではない。消し炭になったはずのソファも毛皮に合わせてまたその姿を取り戻していく。

やがて、ライナスが魔法で燃やしたはずの敷物とソファは何事もなかったかのように部屋の中央に再現された。

が、変化はそれだけでは終わらなかった。ソファが浮《う》き上《あ》がり、敷物の外に音を立てて下ろされる。そこへエリューチカ王女がゆっくりと腰を下ろす。

だがその場にいる者たちは彼女の方をほとんど見ていなかった。なぜなら、ソファという重しがなくなった金色の敷物の中央の部分がどんどん盛り上がって膨《ふく》らんでいくからだ。

「……えっ……えええ？」

そしてとうとう楕円形《だえんけい》のまるっとした金色の物体になった。

誰もが唖然としているうちに、楕円の下の方からニョキッと前足が生えた。続いて後ろ足が。四本の足を得て立ち上がったその金色の物体の楕円の先端《せんたん》から、今度は首がニョキっと生える。

ぴょこっとした小さな耳、ふさふさの毛、横長の瞳孔《どうこう》。これは間違いなく——。

「き、金色の羊ぃぃ!?」

ロイスリーネの素《す》っ頓狂《とんきょう》な声が部屋に響き渡った。

そう、そこにいたのは羊。それも金色の毛を持った神々しい羊だったのだ。

「控えよ人間」

羊の口から言葉が漏《も》れる。慌《あわ》ててエリューチカ王女の方に視線を巡らせれば、彼女はソファに座ったまま目を閉じて気を失っていた。

──ということは、エリューチカ王女やリックたちを操っていたのはこの金色の羊？

「僕が何者かと問うたな、ルベイラの王よ。ならば答えよう」

偉《えら》そうな口調で羊は告げた。

「僕は神だ」

「…………神？」

思わず聞き返したのはロイスリーネだった。

羊はフンと鼻を鳴らす。

「そうだとも。古い神々でも新しい神々でもない、第三の神だ。異端《いたん》の神とも呼ばれている。世界に終末が来たことを告げる、黄昏《たそがれ》の鐘《かね》を鳴らす者──それが僕だ」

──神。世界の終末を告げる、異端の神。

そう聞かされて、はいそうですかと納得《なっとく》できた者は皆無《かいむ》だろう。なぜなら伝わっている神話には「異端の神」など存在しないのだから。

けれど真っ向から否定するには、あまりに羊は異質で、存在感がありすぎた。

神に類するモノ、そう言われて頭の片隅《かたすみ》では頷けてしまうのだ。それはジェシー人形に宿った『女神《めがみ》の御使《みつか》い』を前にして神々に類するものだと感じた時と同じだ。

次元が違う。

そう思わせるものが、金色の羊にはあった。

さすがのリグイラも、いついかなる時も軽口を叩くマイクたちも、言葉がないようだ。

「…………仮に神だとして」

たっぷり十秒は経《た》ってから、ジークハルトが声を絞《しぼ》り出した。

「お前は何の目的があってスフェンベルグをぐちゃぐちゃにした挙句、ルベイラに来てロイスリーネを狙《ねら》ったんだ？」

そう。そこが重要だ。仮に神だとして、いや、神だったらなおさらこんなことをしでかした理由が分からない。

「理由？　もちろん、その娘《むすめ》にある」

金色の羊はロイスリーネを見て事もなげに答えた。

「『破壊《はかい》と創造』の権能。そんなものを持った人間を放置することはできない。あの力は世界のバランスを崩してしまう危険なモノだからね。僕は異端の神として見極《みきわ》める必要があった。世界のバランスを崩すのであれば、取り除く必要があるから」

剣呑《けんのん》な響きを聞き取ったリグイラたちはたちまち警戒《けいかい》するように構えて羊を見つめた。

「ロイスリーネを傷つけさせはしない」

ジークハルトも剣を構える。

「ふっ、僕がその娘を排除すると決めたとして、果たして君たちごときがそれに抗《あらが》えるかな？」

羊が歯をむき出しにした。どうやら笑っているらしい。

「抗ってみせるさ」

剣の柄を固く握《にぎ》りしめながらジークハルトが宣言する。

「何を置いてもロイスリーネを守ると俺は決めているんだ」

「ふふふ、神に逆らうのか。面白《おもしろ》いことを言うね、アベルの末裔《すえ》は。今回は思いっきり手加減したけど、本気を出せば僕はいつだってその娘を始末できるんだよ？」

言いながら羊は目を細めた。

「『強制力』をもっと強いものにして、守ろうとする君たち自身の手でその娘を殺すようにすることも可能だ。どう、これでも神に逆らうの？」

「貴様……」

ギリッとジークハルトは歯を食いしばって金色の羊を睨みつける。

ロイスリーネの胸がギュッと痛んだ。

――なんて残酷《ざんこく》なことを。……いいえ、そんなこと皆にさせられない。だって死ぬほど後悔《こうかい》することになるのが分かりきっているもの。そんなことをさせるくらいなら……六百年前のローレンのように自害することを私は選ぶわ！

自分の決心をロイスリーネが口にしようとした次の瞬間、誰もが予想しなかったことが起きた。

「させるか、馬鹿者！」

聞いたことがある声が轟《とどろ》くと同時に、どこからともなく現われた黒い物体がものすごいスピードで金色の羊に突っ込んでいった。

ボワン！　ポーン。

何とも間の抜けた音が響く。

激突されたはずの羊は無事だった。どうやら分厚い毛のおかげであまり衝撃《しょうげき》もなかったらしい。

一方、激突したはずの黒い丸っこい物体は毛の弾力《だんりょく》で弾き返されても、あきらめず羊に飛びかかっている。

「我《われ》の可愛《かわい》い子どもらに手出しはさせぬからな！　金竜《きんりゅう》よ！」

「あはは。痛《いた》くも痒《かゆ》くもないよ、黒竜《こくりゅう》」

体当たりを受けているのに、妙に羊は嬉《うれ》しそうだった。

その黒い物体を見て、ロイスリーネはあんぐりと口を開ける。もしかしたら、敷物が羊に戻った時より今の方が衝撃は大きかったかもしれない。

「く、くろちゃん⁉」

そう、羊に飛びかかっているのはロイスリーネの寝室で飼っている黒うさぎだった。

信じられなくて目をごしごしこすったものの、やはりそれは「くろちゃん」で。

「く、くろちゃん、あなたしゃべれたの？　いえ、それ以前にそんなに跳《は》ねられたの⁉」

何しろロイスリーネの知る黒うさぎはずっとベッドかクッションの上でゴロゴロしてまったく動かなかったのだ。あんなに飛んだり跳ねたりしているのは、飼い主のロイスリーネも見たことがない。

──いえいえ、それよりもくろちゃんの口調はどう考えても、夜の神よね。リリスさんじゃないわよね？　羊の神も「黒竜」って言ってたし！

もしかしてと思ったものの、あまり深くは考えないようにしていたのだ。だが、どうやらロイスリーネは古い神々の一柱をペットにしていたらしい。

さらに恐《おそ》ろしいことに、黒うさぎは今、金色の羊のことを「金竜」って呼んでいた気がする。

金竜というのはおそらくロイスリーネの知る神話の中で「日の神」、「太陽神」と呼ばれている存在のことだ。古い神々の主神でもある、偉い神様なのだ。

──ええぇ！　あの金色の羊が「日の神」？　古い神々は夜の神を含《ふく》めてみんな眠《ねむ》りについているはずよ。一体、どうなっているの？

おろおろするロイスリーネの頭上でおっとりした声が響き渡った。

「あまり気にする必要はありませんよ」

黒うさぎの声ではないが、もうロイスリーネたちにとっては馴染《なじ》みのある声だった。慌てて上を向くと、ロイスリーネの頭上に部屋にいるはずのジェシー人形が浮いていた。カテリナの新作であるボンボンのついたケープ風のドレスを身に纏っていることから、またしてもロイスリーネ付きの侍女たちを驚かせた挙句《あげく》に瞬間移動してきたのだろう。

「あ。ジェシーちゃん」

「人使いの荒《あら》いジェシーちゃんだ」

気安く呼ぶのはマイクとゲールだ。この二人はとある事件でジェシー人形を動かしている『女神の御使い』と十日ほど行動を共にしていたため、妙に馴れ馴れしいのだ。

「お久しぶりね、あなたたち」

対する『女神の御使い』もマイクとゲールに対してはまるで友だちのような口調になる。おそらく彼らのことをかなり気に入っているのだろう。

「……『女神の御使い』よ。悪いが説明をお願いしたい」

金色の羊に頭突《ずつ》きをくらわす黒うさぎの姿に呆気にとられていたジークハルトだったが、我に返ったらしく、『女神の御使い』を見上げて言った。

「黒うさぎは、あの金色の羊のことを『金竜』と呼んでいた気がするのだが……。あと、彼の言っていた異端の神についても知りたい。知らなきゃならない、そんな気がします」

「ええ、そうね。私はそのために来たようなものですから」

ド突き合う二柱の神々を見て、ほんの少し呆《あき》れたような声を滲《にじ》ませながら『女神の御使い』は頷いた。


……異端の神とは、先ほど金色の羊が言っていた通り、古い神々でも新しい神々でもない、第三の神のことを指すのだという。

「私たち眷族神《けんぞくしん》は、世界を維持《いじ》していくことを存在意義としています。けれど異端の神は世界を見守り、崩壊《ほうかい》の兆《きざ》しを感じた時に審判《しんぱん》を行う、ただそれだけのために存在していま す」

何を審判するのかというと、今の時点で世界が存続するに値《あたい》するかを判断するのだ。その結果、まだ持ちこせるだろう、と判断すれば、再び異端の神は沈黙《ちんもく》する。けれど、存続するに値しないという審判を下したら、異端の神は眠りについた古き神々の目覚めを促《うなが》す役割を果たすのだ。

「つまり、彼の役割は世界の終末を告げること、それに尽きます。そのため、文学的に『黄昏の鐘を鳴らす者』と表現されることもあります」

「『世界の終末を告げる、黄昏の鐘を鳴らす者』か……」
　壮大《そうだい》すぎてロイスリーネたち人間にはピンとこないが、確かにそういう役割の神がいて
もおかしくない。
「滅《ほろ》びを告げる神ですから、世界を維持することを目的とした新しき神々とは相容《あいい》れない
存在。それゆえ、異端の神と呼ばれるのです」
「で、この世界の異端の神というのが……」
　ジークハルトは金色の羊に胡乱《うろん》な目を向ける。『女神の御使い』は頷いた。
「そうです。あの羊こそが異端の神ということになりますね。それと同時にあの方は金の
竜の分霊《ぶんれい》でもあります」
「異端の神……では、古い神々の分霊という認識《にんしき》でいいのですか？」
　尋ねたのはライナスだ。彼は神々の世界のことに興味津々《きょうみしんしん》で、さっきから目を輝かせ
て『女神の御使い』の説明を聞いている。
「いいえ、今回はおそらくかなり特殊《とくしゅ》な例でしょう。私たちの知識にある異端の神は、古
き神々のいわば目覚まし時計の役割を果たす神です。必要な時以外は沈黙を守るシステム
ですから、疑似《ぎじ》人格もありません。ぜんまい仕掛《じか》けの人形のようなものだと思ってくださ
い。なのに、なぜ今回にかぎり『日の御方』がご自身の分霊に異端の神としての役割を与
えたのかと言えば……」

『女神の御使い』の視線が「この、この！」と言いながら金色の羊に突進《とっしん》する黒うさぎに注がれる。

「黒の御方の問題と無関係ではないでしょうね」

「その通りだよ。ファミ……いや、『女神の御使い』。僕が眷族神たちに存在を知らせることなくこんなナリになってまで世界を見つめてきた原因は夜の神――黒竜のせいさ」

答えたのは、頭突きを受けながらもロイスリーネたちの会話を聞いていたらしい金色の羊だった。

「黒竜は亜人を放置できないと眠る時を延ばし延ばしにしていた。もし万が一黒竜が人間と亜人どものために眠りにつかないでいたならば、いつか重大なひずみとなる。そう考えた金竜は分霊として僕という存在を創りだし、異端の神の役割を与えた。もし黒竜が眠らないで世界が未熟なまま急速に滅びの道を歩むことになったら、すべてを創《つく》り替《か》える必要が出てくるかもしれないからね」

「……日の御方、それは……」

こころなしか『女神の御使い』の声が強張《こわば》ったような気がした。

「普通、世界が崩壊へと舵《かじ》を切り、もう滅びは避けようがないと異端の神が判断した場合、『破壊と創造』が始まる。けれど例外もあってね。世界が失敗作だと判断されれば、まだ崩壊に至るまで時間の余裕があっても再創造が行われることがある。今回のこの世界もそうなる可能性が高かったから、僕が分霊として残ったんだよ」

「ふざけるな！　この世界は失敗作ではない！　人間も我の可愛い亜人たちも一生懸命《いっしょうけんめい》生きている世界だ。再創造などさせるものか！　そうなったらあの子らが生きた証《あかし》も全部なくなってしまう！」

悲痛な黒うさぎの叫《さけ》びに、ロイスリーネの中に残っているリリスの部分が悲しみを訴《うった》えた。

——ああ、そうか。そうなのね。

ロイスリーネは『女神の御使い』と黒うさぎが何を懸念《けねん》しているのかようやく理解した。金色の羊は、この世界を壊《こわ》して別の世界を創造するかもしれないと言っているのだ。けれど、そうなると彼女たちにとって大切なものがすべて失われてしまう。だからこそそれを避けたがっているのだ。

「何を言っているのさ。こういう事態に陥《おちい》っているのは全部君のせいじゃないか、黒竜」

「……ぐっ、それは……」

「君が創造神としての役割を放棄《ほうき》したから、今こんなことになっているんだ。分かってるの？」

金色の羊の口調は厳しいものだった。

「それに黒竜も『女神の御使い』も分かっているだろう？　この世界は夜の神の眷族神が

欠けているせいで、確実に滅びへと傾《かたむ》いてるってことを」

「え？」

ロイスリーネが驚いて黒うさぎや『女神の御使い』を見ると、彼女たちはどことなくばつが悪そうな顔をしていた。『女神の御使い』の依《よ》り代《しろ》はジェシー人形なので、表情が動くことはないものの、気まずそうな雰囲気《ふんいき》を醸《かも》し出しているのはおそらく気のせいではない。

「ここ何千年かは眷族神たちが一丸となってなんとか影響を最小限に抑えていたけれど、やはり黒竜の眷族神が欠けていることで、世界のバランスが崩れているんだよ。今は平気でもそのうち必ず雪崩《なだれ》を打って崩壊するだろう。そうなる前に創り替えるのも一つの手だと思っているよ。特に今は『破壊と創造』の権能を身に宿している人間などが存在しているしね。とんだ不確定要素だよ、これは。この世界が失敗作だという十分な証明になると思わない？　不確定要素は取り除いた方がいいと思わない？」

「金竜！」

「日の御方！」

焦《あせ》ったように『女神の御使い』と黒うさぎは叫ぶ。が、金竜こと金色の羊はもったいぶったように続けた。

「でも、まぁ、まだ判断は保留だ。ファミリアたちが事態を打破するために、何か面白いことを計画しているようだし、一応その娘の『破壊』の権能は抑えられているようだ。もう少し様子を見てからでも判断は遅くないかなとは思っている」

「そうですか。それはよかったです」

『女神の御使い』は安堵《あんど》の声を上げた。

「くっ、もったいぶりおって。だから我は貴様が嫌《きら》いなんだ。人間は全然好きじゃないくせに、妙に崇《あが》められているのも腹が立つ」

ブツブツと何やら私怨《しえん》めいたものを呟《つぶや》く黒うさぎ。それに対して金色の羊は歯をむき出しにして笑った。

「僕は一番偉い神なのだから、崇められるのも当然さ」

三人（？）のやり取りを眺《なが》めていたジークハルトたち人間勢はホッと胸を撫《な》で下《お》ろした。どうやら金色の羊はロイスリーネを狙うこともこの世界を失敗作として滅ぼす判断も保留にしたようだ。

「ひとまず安心だな」

が、その安堵すべき人間たちの中で一人だけ別のことに意識を持っていかれている者がいた。ロイスリーネだ。

――モフモフ。いいなぁ、羊はモフモフよね……。ああ、触《さわ》りたい！

ロイスリーネはうさぎも好きだが、猫《ねこ》も犬も好きだし、そして羊も大好きだ。そのため、金色の羊を見る目がどことなく怪しくなっていく。

一方、そんな妻の様子に気づかないジークハルトは頭を抱《かか》えていた。

「それにしても、この始末はどうするべきか」

ジークハルトはソファに座ったまま意識を失っているエリューチカ王女と、ライナスの魔法で身動きが取れないまま床に伸《の》びているリックに目をやり、深いため息をつく。

「すべては神の、それも異端の神のせいだと言っても、到底《とうてい》信じてもらえないだろうな」

「適当に処理しておけば？　クロイツ派のせいとかにして」

頭を悩《なや》ませているジークハルトに元凶《げんきょう》の能天気な声が降りかかった。

「『強制力』を解けばみんな元に戻るから、スフェンベルグは慌ててルベイラに謝罪してくるだろうし。ルベイラはクロイツ派のせいにしつつ、寛大《かんだい》な気持ちを示してそれを許せばいい。万事丸く収まるはずさ」

「あのなぁ、そんな簡単にいくものか」

こんな面倒《めんどう》くさい事態になったのも、すべては金色の羊のせいだ。ジークハルトがつい睨んでしまうのも無理はなかった。

「そもそも、どうしてスフェンベルグを巻き込んだんだ？　そのせいで両国の友好関係を解消するところだったぞ。ルベイラはともかく、スフェンベルグにとっての影響は計り知れなかったはずだ！」

「いや、違うさ、ルベイラの王。スフェンベルグは巻き込まれたんじゃない。どちらかと言うと、ルベイラが巻き込まれたんだ。……というか黒竜へのちょっかいのついでにルベイラを僕が巻き込んだと言うべきか」

「……は？　どういうことだ？」

ジークハルトの口がポカンと開いた。続く金色の羊の説明に驚きを通《とお》り越《こ》してどんどん表情が曇《くも》っていく。

なんと金色の羊が言うには、スフェンベルグはもともと滅びる運命にあったらしい。

原因は発見されたばかりの魔石《ませき》の鉱山だ。スフェンベルグを滅ぼして魔石の鉱山を手に入れようと結託《けったく》した周辺諸国に同時に攻《せ》められ、滅ぼされてしまうのだという。

「その予言をしたのは、エリューチカの今は亡《な》き母親だ。どうやら彼女は周囲にひた隠《かく》しにしていたそうだが『予言』のギフト持ちであったらしい。死ぬ間際《まぎわ》にスフェンベルグの滅亡《めつぼう》を予言した彼女は、娘にだけはそのことを伝えたようだ」

その時まで母親が『予言』のギフト持ちであったことを知らなかったエリューチカ王女は、最初は信じていなかったらしい。その頃《ころ》はまだ魔石の鉱山も発見されていなかったからだ。

「けれど、母親の予言通りに国内で魔石の鉱山が発見されてしまう。エリューチカはその時初めて母親の言っていた『予言』が真実であり、祖国は攻め滅ぼされる運命にあると理解したんだ。だが、今さら自分が予言の話をしたところで信じてもらえるか分からない。でも黙《だま》っていたら国が滅亡してしまうかもしれない。そのことでずっと悩んでいたらしいよ」

ただの敷物に擬態《ぎたい》して世の中を見てきた金色の羊は、魔石の取引に関わりたいアルファトによってスフェンベルグの王宮に献上《けんじょう》された際に、そんなエリューチカ王女の悩める心が見えてしまった。

「だから、エリューチカに取引を申し出たんだ。滅ぶ運命のスフェンベルグを救う代わりに、僕の隠れ蓑《かくみの》になること、そして操り人形になることを条件にね。つまり、エリューチカを利用してルベイラに行くことも、同意を得てやったことだ。無理やり言うことを聞かせたわけじゃない」

エリューチカ王女という協力者を得て金色の羊がまず初めにやったことは、神の権能の一つである『強制力』を使い、スフェンベルグの王宮を掌握《しょうあく》することだった。王宮には諸外国の間者や、他国と通じてスフェンベルグに害を及《およ》ぼそうとしている者がたくさんいたからだ。

「面倒なので、そいつらは全部まとめて認識障害にさせた。自分が他国と通じていることを忘れさせてしまったのさ。スフェンベルグを狙う諸外国への牽制《けんせい》の意味も込《こ》めてね」

間者から一切《いっさい》の連絡が来なくなれば、諸外国は企《たくら》みが露見《ろけん》したかもしれないと慎重《しんちょう》にならざるを得ない。

「ああ、そういうことかよ！」

「あいつらが記憶を失ったのはそのせいか」

リグイラとマイクたちは頭を抱えた。スフェンベルグを滅ぼそうとしている者だけピンポイントで狙えばいいものを、面倒がった金色の羊が全部まとめて認識障害にした結果、ルベイラの『影』たちもあおりを受けてしまったのだ。

「そして魔石の鉱山の開発にルベイラを巻き込むことができれば、今後も諸外国を牽制し続けられる。スフェンベルグはそうだな、向こう五十年ほどは滅ぶことはないだろうね。僕もエリューチカとの約束を果たせるというものさ」

「勝手なことを……」

「なに、神なんてもともと勝手なものだよ」

ジークハルトが渋《しぶ》い顔になった。ルベイラにとってあまり旨《うま》みのないスフェンベルグの鉱山開発だったが、どうやら神の気まぐれによって関わらざるを得ないようだ。

「……スフェンベルグに協力すれば、もうお前はロイスリーネを狙わないな？」

これだけは確認しておかなければならない。そう思って尋ねたのだが、金色の羊の答えは率直《そっちょく》で、しかも残酷だった。

「さぁね。確約はできないよ。もしその娘に宿った『破壊と創造』の権能の天秤《てんびん》が破壊に傾く時が来れば、僕は金竜としてその娘を葬《ほうむ》り去《さ》る決断をせざるをえない」

「っ、ロイスリーネのギフトは世界を壊しはしない！　俺がさせない。必ず守ってみせる！」

「ジーク……」

迷わずロイスリーネを守ると宣言したジークハルトの気持ちに、ロイスリーネは胸が熱くなっていくのを感じた。

――そう。そうよね。私は大丈夫。だって陛下が傍にいて守ってくれるのですもの。だから、私は私のギフトを、私を守ってくれる人たちを信じていけばいい。

「日の神様」

ロイスリーネは一歩踏《ふ》み出しながら一世一代の賭《か》けに出た。

「なんだい？」

「私に……いえ、この世界に時間をくれませんか？　私の持つ『還元』のギフトが破壊に向かうのか、それとも天秤の均衡《きんこう》を保つことができるのか。私の近くにいて、それを確認してから判断しても遅くはないのではないでしょうか？」

「ロイスリーネ⁉」

ジークハルトがギョッとしている。あえて危険な存在を、自分を殺すかもしれない存在を身の内に入れようと言うのだから、ジークハルトが驚くのも無理はなかった。

ね」

——でも大丈夫だって気がするのよね！

ロイスリーネはにっこりと笑ってみせた。

「大丈夫ですって。それに、むしろこの神様を野放しにする方が危険な気がするんですよ
「それはあるでしょうね」

うんうんと頷いたのは『女神の御使い』だ。

「何しろ気まぐれですから」

「そこ、どさくさに紛《まぎ》れて毒を吐かない。……しかし、大胆《だいたん》な娘だね。自分を殺そうとした、いやこれから殺すかもしれないと宣言している僕を傍に置こうとするなんて」

「モフモフはすべてを超越《ちょうえつ》するんです」

「……………は？」

羊の口がポカンと開いた。

「モフモフならすべてを受け入れるので、私」

「…………ロイスリーネ……」

金色の羊を受け入れようとするロイスリーネの隠れた動機に気づいたジークハルトは呆れた表情になった。

「モフモフなら何でもいいのか、君は？」

「何でもいいわけではありません、ジーク。モフモフならなおよしと思うだけで」

「それが何でもいいと言うんじゃなくて何なんだ！」

「アハハハハハハ！」

ロイスリーネとジークハルトが言い争いをしていると、突然金色の羊が笑い出した。

「アハハハ、いいね、気に入ったよ。ルベイラの王妃よ、君の言葉を受け入れて、しばらくの間、やっかいになろうじゃないか」

とたんにジークハルトの顔が嫌そうに歪んだ。それを見て、羊がニチャアと笑う。

「その嫌そうな顔、最高だね！　ますます世話になる動機が増えるってもんだ。黒竜、眠みつけたって僕の気持ちは変わらないから。あー、なんか楽しくなってきたな！　ここ数千年で今が一番ワクワクしているよ！」

「そうしたら、神様じゃ呼びにくいし、名前をつけないといけないわね！」

上機嫌《じょうきげん》な金色の羊とロイスリーネ。一方、残された人間たちは「まぁ、ロイスリーネだからな（ね）」という、どこか諦《あきら》めの気持ちで状況を受け入れていた。

「ふふ、私の言う通りになりましたでしょう、夜の御方？」

ふわりと頭上に浮いて笑い声を響かせる『女神の御使い』を、黒うさぎは半眼で睨み上げた。

「あやつと同居とか最悪だ」

だがすぐに表情を緩《ゆる》めると、黒うさぎは諦めたように息を吐いた。

「だが、ロイスリーネの言う通り、野放しにする方が危険なのは確かだ。……ふん、せいぜい私の子どもたちのために働かせてやるさ。そのためにアレを表《おもて》舞台《ぶたい》に引きずり出したのだからな」

# エピローグ　お飾り王妃は増えたモフモフにご満悦です

その日の夜、うさぎの姿になったルベイラ国王ジークハルトはロイスリーネのもとへ向かいながら深いため息をついた。

後始末に追われて、今の今までカーティスとエイベルとともに奔走《ほんそう》していたのだ。

――疲《つか》れた。

肉体面でも精神面でも。

「いらっしゃい、うーちゃん！」

だがロイスリーネの笑顔《えがお》に迎《むか》えられ、ジークハルトは元気を取《と》り戻《もど》す。シュタタと駆《か》け寄《よ》って飛びつくと、ロイスリーネはうさぎを抱《だ》き留《と》めてぎゅっと抱きしめた。

「お疲れ様、うーちゃん」

労《ねぎら》いの言葉とともに額にキスを落とすと、ロイスリーネは頭から背中にかけて何度も撫《な》でてくれる。その優《やさ》しい感触《かんしょく》がジークハルトは好きだった。

「あのね、うーちゃん、今日は色々あったのよ」

——ああ。本当に色々あったよな……。

思わずジークハルトが遠い目になってしまうのも仕方のないことだろう。

日の神こと金色の羊が不可思議な術を解いたことで、正常に戻ったスフェンベルグから怒涛《どとう》のような連絡《れんらく》と謝罪が一気に押し寄せた。

その処理に追われて外務府の面々は帰宅することも叶《かな》わず残業に追われていることだろう。

ライオネル王太子《おうたいし》とも直接連絡がついた。スフェンベルグでは今さらだが、青ざめる人物が続出で、国王などは卒倒《そっとう》してしまい、本当に療養《りょうよう》することになってしまったようだ。

王太子が国王代理として始末に当たることになったが、もしかしたらそのまま国王交替《こうたい》という事態になるかもしれない。

協議の結果、今回の騒《さわ》ぎはスフェンベルグを乗っ取ろうと画策していたクロイツ派が作製した呪具《じゅぐ》によって引き起こされた事件だったと発表することになった。

金色の羊の提案通りになってしまったことは悔《くや》しいが、これ以外スフェンベルグとの関係を壊《こわ》さず決着をつける方法が思いつかなかったのだ。

ただし、ライオネル王太子にだけは事実を伝えることにした。スフェンベルグを狙《ねら》っている勢力への対処をしてもらう必要があったからだ。

もっとも、金色の羊が古い神々の一柱の分霊《ぶんれい》であったことや、ルベイラにまだ居座《いすわ》っていることは内緒《ないしょ》だ。

——金色の羊に教えてもらった間者《かんじゃ》や国を裏切って他国と繋《つな》がっている人物の名前は王太子にも伝えておいたから、あとはあっちで何とかするだろう。

鉱山の共同開発の件はこれからの協議となるが、それなりの取り分はふんだくろうとジークハルトは決心している。今回のことでルベイラの利益になるものはそれくらいしかないからだ。

「陛下のおかげで大きな問題にはならないですみそうだけど……。エリューチカ王女とリックはこれからどうなるのかしらね？」

「うーちゃん」に今日の報告をしている最中、ロイスリーネが心配そうに呟《つぶや》いた。

目を覚ました二人はすでに正気に戻っていたため、土下座せんばかりにジークハルトとロイスリーネに謝罪した。操《あやつ》られていたとはいえ、その間の記憶《きおく》はしっかりと残っているという。

ロイスリーネはすぐさま二人を許した。エリューチカ王女も本気でジークハルトに好意を抱いていたわけではなかったし、リックも本人の意思でロイスリーネを殺そうとしたわけではないのだから。

ジークハルトとしては無罪放免《ほうめん》にするのはどうかと思ったが、ロイスリーネの希望もあり、目撃者《もくげきしゃ》も身内だけだったこともあって不問に付すことにした。

——ロイスリーネは優しすぎる……というか、自分のことに関して無頓着《むとんちゃく》すぎるな。

自分がどれだけ重要な人物なのか、ちっとも分かっていない。

「キュ……」

二人のことなど気にするなという気持ちを込《こ》めてジークハルトがロイスリーネの顎《あご》に頭をこすりつけようとした時だった。あまり聞きたくない声が届く。

「二人の仲のこと？　別に大丈夫《だいじょうぶ》じゃないかな」

嫌々《いやいや》ながら声の方に視線を転じると、ベッドの四隅《よすみ》の一角に、クッションに身体《からだ》を預けた金色の羊が悠々《ゆうゆう》と寝《ね》そべっていた。大きさは違《ちが》えど、あの異端《いたん》の神にして日の神の分霊だ。

「操られていたとはいえ、エリューチカが王妃《おうひ》を押しのけてルベイラ国王の妃《きさき》に収まろうとした事実は消せない。それは彼女の瑕疵《かし》になり、王女としての価値は下がるだろう。だったら、騎士爵《きししゃく》の奥方《おくがた》になることも可能なんじゃないの」

「あ、もしかしてひーちゃんはそれを見越《みこ》してエリューチカ王女をルベイラに連れてきたのね。さすがひーちゃん！」

「まあね。僕のすることに無駄《むだ》はないんだ」

どうでもよさそうに言いながらも、ロイスリーネに褒《ほ》められてまんざらでもない羊だ。

……「ひーちゃん」というのはロイスリーネがこの金色の羊につけた名前だ。

『ひーちゃん？　どうしてひーちゃん？　まぁ、別にいいけど。好きに呼べばいいよ』と、古い神々は自身が名前を持たない存在であるせいか、あまり頓着《とんちゃく》しないで受け入れた。が、人間側は全員分かっていた。──「羊《ひつじ》だからひーちゃん」だろうな、ということを。

──相変わらず名前のセンスがひどいというか、つけ方が雑というか……。

そのひーちゃんだが、最初は普通《ふつう》の羊の大きさだったことから、ロイスリーネの寝室《しんしつ》に棲むのはさすがに無理だろうと思われた。

だが、この異端の神は「だったら僕も黒竜《こくりゅう》くらいの大きさになればいいんだろう？」と言って小さくなってしまったのだ。考えてみれば敷物《しきもの》に化けられるのだから、大きさを変えるくらい朝飯前だろう。

うさぎのジークハルトと同じくらいの大きさになった金色の羊はまるでぬいぐるみのようで、ロイスリーネが歓喜《かんき》したのは言うまでもない。

ジークハルトは胡乱《うろん》な眼差《まなざ》しを羊に向けた。

──こいつが好き勝手に手当《てあ》たり次第《しだい》『強制力』とやらで人を操ったせいで、こっちは後始末が大変なんだぞ！

どうも『強制力』というのは、言うなれば命令権のようなもので、創造主で人間より上位の存在である神の意思には逆らえない──そんな権能らしい。

ならばどうして『強制力』が効かない者——金の靄を弾いた者がいたのかと問えば、答えは簡単だった。ルベイラ人の多くには亜人《あじん》の血が流れているからだ。

『人間を作ったのは日の御方《おかた》と夜の御方。双方《そうほう》に上位の命令権があります。一方、亜人を創ったのは夜の御方のみです。ですから亜人に対しては日の御方より上位の命令権を持っているのですよ。そのおかげで夜の御方がいるこのルベイラでは金色の羊の命令が届きにくかったのでしょう』

『女神《めがみ》の御使い』の説明で、合点《がてん》がいった。

エリューチカ王女を王妃にと言っていた新興貴族は移民系の者が多かった。他国出身か、もしくは親がそうであったため、亜人の血を引いていないのだ。

——そういえばロイスリーネを襲《おそ》おうとした本宮警備隊のボールダーも両親が移民だったと聞いている。だからか。

ロイスリーネにとって幸いだったのは、王宮に勤める者たちのほとんどが生粋《きっすい》のルベイラ人だったため、発言権のある上位の貴族に『強制力』が無効だったことだろう。

一方、王女に入れあげていた新興貴族たちは、今はきっと夢から覚めて自分のしでかしたことに青ざめているに違いない。情状酌量《しゃくりょう》はあるものの、こと自国の貴族に対してジークハルトは無罪放免にするつもりはなかった。

——ロイスリーネのことを悪く言う人間に対していい見せしめになるだろうな。

少々黒いことを考えながらジークハルトは金色の羊を見る。

どうもこの神はつかみどころがなくてよく分からない。

この世界は失敗作だから創り直すことも辞さないというような発言をしたと思ったら、『還元《かんげん》』の権能を持つロイスリーネは殺した方がいいけど様子を見ようと言ってみたり。何を考えているのかよく分からない。

――この羊には要注意だな。一体何をするか分からない。

そう思っているのはどうやら黒うさぎも同じようで、反対側のベッドの端《はし》に箱座りしながら金色の羊を窺《うかが》っている。

――謎《なぞ》といえばこの二匹《ひき》の関係性もよく分からないな。黒うさぎの方は隙《すき》あらば攻撃《こうげき》しているし、金色の羊はそれを面白《おもしろ》がっているようでもある。かといって敵対しているほどではない。

眺《なが》めていると、前ふりもなくいきなり黒うさぎが跳躍《ちょうやく》し、金色の羊の背中にキックをかましている。けれど分厚い毛に守られているためか、金色の羊はまったく動じないで笑った。

「だから全然痛《いた》くも痒《かゆ》くもないって」

「こんのぉぉ！」

「あら、まぁ、くろちゃんとひーちゃんは仲良しね」

――いや、仲良くはないだろう。

あれが仲良しに見えるロイスリーネはやっぱり少し変なのかもしれない。

「はぁ、どこを見てもモフモフだらけとか、ここは天国だわ～」

うっとりとして呟いた後、我に返ったロイスリーネはジークハルトに頬《ほお》ずりをした。

「もちろん、うーちゃんが一番だからね！　大好きよ、うーちゃん」

「キュ」

まぁ、いいかと思いながら、ジークハルトは黒うさぎと金色の羊が互《たが》いのことに気を取られているうちに大好きな妻を独占《どくせん》するべく頬にすり寄るのだった。

「いい夜ですこと」

ロイスリーネもジークハルト《うさぎ》も寝入《ねい》った頃《ころ》、ロイスリーネの足元に距離《きょり》を置いて丸くなっている黒うさぎと箱座りをして目を閉じている金色の羊の頭上に、ジェシー人形こと『女神の御使い』が現《あら》われた。

黒うさぎの目と金色の羊の目がパチリと開く。

「御機嫌《ごきげん》よう、日の御方、夜の御方」

「ファミリアか……」

むくりと黒うさぎが起き上がると、金色の羊も立ち上がり面倒《めんどう》くさそうな口調で尋《たず》ねた。

「新しき神々の主神のくせに、こんなに頻繁《ひんぱん》に来ていいの？」

「そこはご心配なく。他の眷族神《けんぞくしん》の方々は優秀《ゆうしゅう》ですからね。私一人がいなくてもどうにかなります。それに目下、新しい神々《私たち》の最大の懸念《けねん》はすべてここにありますので、私はいわば監視《かんし》のために来ていると思ってください」

「ふん。僕の眷族神のくせに、創造主を監視するとはね。偉《えら》くなったもんだ」

嫌味《いやみ》を言う金色の羊を無視して、『女神の御使い』は黒うさぎに声をかける。

「すっかり人の言葉が上手になりましたね、夜の御方」

「この目と同様に、ロイスリーネの声帯を借りているからな。両方とも少し変えているがな」

うさぎの声帯は人間の言葉をしゃべれるようにはできていない。そのため、黒うさぎはロイスリーネの目と声帯を模倣《もほう》し、その身に宿すことでそれを可能にしている。

もっとも、そこまでしているのは別にロイスリーネの目の色を模倣したかったからでも、人の言葉をしゃべりたかったからでもない。

すべてはロイスリーネと同調し、存在を重ね合わせるためだった。これからのロイスリーネにとってそれは必要なことだったから。

「ふん、そこまであの娘《むすめ》に入れ込んでいるんだ。リリスの子孫だから？」

リリスはロイスリーネの先祖だ。リリスは黒竜そのものと言ってもいいくらいなので、自分の子孫だと認識《にんしき》していてもおかしくない。

だが黒うさぎは首を横に振《ふ》った。

「それもあるが、我がこのような形を取ったのは、我なりに責任を取るためだ。我の過《あやま》ちをロイスリーネ一人に負わせることはしたくなかった」

羊の耳がピクピクと動いた。

「眷族神の計画か。僕がそれに気づいた時、冗談《じょうだん》かと思ったけど、やっぱり本気なんだ。夜の神の眷族神を創る……いや、あの娘《ロイスリーネ》に産ませるなんて、正気の沙汰《さた》とは思えないね、『女神の御使い《ファミリア》』」

「もちろん本気です」

『女神の御使い』が淡々《たんたん》と答える。

「私たちは二千年間、その計画のために準備してきました。アベルとリリスが再来した今が絶好の機会なのです。今さら引けませんし、日の御方が反対したとしても私たちは決行します」

「……人間が神を産む。『破壊《はかい》と創造』の力があれば可能だろうね。……でもファミリア。分かっているの？」

金色の羊はどこか憐《あわれ》みを帯びた視線を眠《ねむ》るロイスリーネに向けた。

「そのような強大な力を行使すれば、人間の身体ではとてももたない。あの娘《ロイスリーネ》は子どもの誕生と同時に必ず死ぬだろう」

終

# あとがき

拙作《せっさく》を手にとっていただいてありがとうございます。

お飾《かざ》り王妃《おうひ》の6巻です。こうして続きが出せたのも、手に取っていただいた皆様《みなさま》のおかげです。ありがとうございました。

前回でクロイツ派の問題は片付いた……はずなのにまたもやトラブルに巻き込まれることとなりました。ジークハルトの第二王妃にという縁談《えんだん》が持ち込まれた上に、今度の敵は今までとは少し違《ちが》っていて、得体の知れない状況《じょうきょう》にロイスリーネたちは翻弄《ほんろう》されることになります。

敵の正体は……これは本編を読んでいただくこととして、クライマックスに向けて役者が揃《そろ》いつつあるとだけ言及《げんきゅう》しておきます。

『女神《めがみ》の御使《みつか》い』ことファミリアたち「新しい神々」の思惑《おもわく》も少しずつ明らかになってきました。彼女たちがロイスリーネやジークハルトに肩入《かたい》れするのも、目的あってのこと。

まぁ、でも神様なんてそんなものですよね。

最後の最後でひーちゃんが爆弾《ばくだん》発言をしていますが……果たしてそれはどういうことなのか、本当なのか。それは次回に持《も》ち越《こ》しとなります。

今後は人間たちの欲望とロイスリーネのギフト、それに新しい神々の思惑が絡《から》み合《あ》いつつ、最大の難関が立ちはだかること（ちょっと大げさ）になっていくでしょう。

さて、今回もロイスリーネには嬉《うれ》しいことに黒うさぎに続いてモフモフが増える結果になりました。寝室《しんしつ》に動物がいっぱいです。ジークハルトにとっては最愛のペットの座を巡《めぐ》る（？）ライバルが増えた形です。他人事《ひとごと》ですが、こんなに寝室のお邪魔虫《じゃまむし》がいっぱいいて、果たしてジークハルトはロイスリーネと本当の夫婦《ふうふ》になれるのでしょうか？（くろちゃんは気《き》を利かせて席を外してくれるでしょうけど、ひーちゃんはジークハルトに対する嫌《いや》がらせとして絶対邪魔するような気がします）

果たしてジークハルトの念願は叶《かな》うのか。それよりいつになったらうさぎ陛下《へいか》を返上できるのか。このあたりも楽しみにしていただければと思います。

話変わって、ここにきて神様たちの気配が濃厚《のうこう》となってきているので、少し補足をば。お飾り王妃の世界の神話は、現実の私たちの神話や体系などをごちゃ混ぜにしたものとなっております。五頭の竜《りゅう》が世界を創生し、いろいろな理《ことわり》を司《つかさど》っているわけですが、これらの思想は陰陽《いんよう》五行をモチーフにしておりますし、アベルやらカイン、リリスなどは旧約聖書から名前を取っております。作中に出てくる「アルファオメガ」もそうです（オメガバースとは無関係です）。アルファオメガは聖書に出てくる言葉で永遠を意味する単語になっています。もちろん、私の創作のなんちゃって世界なので、名前と要素を取り入れているだけですが、元ネタを知っているとほんの少しだけ楽しめるかもしれないので、興味ある方は調べてみてください。

ちなみに今回出てきた「金色の羊の毛皮」はギリシャ神話の逸話《いつわ》から取っております。本家の神話では「幸運を呼ぶ」なんて由来はありませんが、お飾り王妃の世界では幸運アイテムになっております。ロイスリーネたちはピンときていないので、かなり漠然《ばくぜん》としたラッキーアイテムであると解釈《かいしゃく》していただければ。「黄色いハンカチ」や「ドリームキャッチャー」みたいなものと思ってくださいませ。

幸運アイテムもゲット（？）することになったロイスリーネたちの運命は果たしてどなるのか。ジークハルトの秘密（というよりロイスリーネがすでに秘密を知っていること）を彼はいつ知ることになるのか。ロイスリーネはうーちゃんロスを果たして乗り越《こ》えられるのか。そしてロイスリーネが二つギフトを持つ意味とは。

次回はそのすべての答え合わせの巻になるかと思います。しばしお付き合いくださいませ。

イラストのまち先生。可愛《かわい》い黒うさぎと金色の羊をありがとうございます！　あまりに動物たちが可愛いので、出番を増やしてしまいそうです。もちろんロイスリーネは可愛いし、ジークハルトもカッコイイのですが、もう動物たちが愛らしくて……！　ロイスリーネがモフモフを溺愛《できあい》するのも分かります、本当に。

そしてお飾り王妃はなんとマンガにもなっております。コミカライズの担当は封宝《ほうほう》先生です。うーちゃんはモフっとして愛らしいですし、ロイスリーネたちはもちろんのこと、小説版では挿絵には登場しないキャラも生き生きと描いてくださっております。おかげで作者（私）のキャラへの解像度もかなり高くなったと感じております。ありがとうございます。これからもよろしくお願いします！

最後に担当様。いつもありがとうございます。本当に今回も方々に迷惑《めいわく》をおかけしまして……。何とか書き上げることができたのも担当様のおかげです。

それではいつかまたお目にかかれることを願って。

富樫聖夜《とがしせいや》

■ご意見、ご感想をお寄せください。
《ファンレターの宛先》
〒102-8177 東京都千代田区富士見2-13-3
株式会社KADOKAWA ビーズログ文庫編集部
富樫聖夜 先生・まち 先生

B's-LOG BUNKO
ビーズログ文庫



# お飾《かざ》り王妃《おうひ》になったので、こっそり働《はたら》きに出《で》ることにしました
## ～目指《めざ》せ円満夫婦《えんまんふうふ》に新《あら》たなもふもふ《ライバル》出現《しゅつげん》!? ～

富樫聖夜《とがしせいや》

2023年1月15日 初版発行

発行者　山下直久
発行　株式会社KADOKAWA
〒102-8177 東京都千代田区富士見2-13-3
（ナビダイヤル）0570-002-301
デザイン　Catany design
印刷所　凸版印刷株式会社
製本所　凸版印刷株式会社



ISBN978-4-04-737256-6 C0193


定価はカバーに表示してあります。
◇◇◇

# コミックス好評発売中

昼は給仕係（ウェイトレス）! 夜はうさぎを溺愛?
どうせ"お飾り"の王妃なら
好きに生きたいと思います♪

**フロースコミック**

# お飾り王妃になったので、こっそり働きに出ることにしました

〜うさぎがいるので独り寝も寂しくありません!〜

漫画◆封宝

原作◆富樫聖夜　キャラクター原案◆まち

※2023年1月時点の情報です。